Verspätung!

Geschichten für wenn's mal wieder länger dauert

Herausgegeben von Stephan Koranyi und Gabriele Seifert

Reclam

potius sero quam nunquam
(lieber spät als nie, Titus Livius)

RECLAMS UNIVERSAL-BIBLIOTHEK Nr. 14768
2015, 2025 Philipp Reclam jun. Verlag GmbH,
Siemensstraße 32, 71254 Ditzingen
info@reclam.de
Umschlaggestaltung: Philipp Reclam jun. Verlag GmbH
Umschlagabbildung: © plainpicture / mia takahara
Druck und Bindung: Elanders Waiblingen GmbH,
Anton-Schmidt-Straße 15, 71332 Waiblingen
Printed in Germany 2025
RECLAM, UNIVERSAL-BIBLIOTHEK und
RECLAMS UNIVERSAL-BIBLIOTHEK sind eingetragene Marken
der Philipp Reclam jun. GmbH & Co. KG, Stuttgart
ISBN 978-3-15-014768-9
reclam.de

Inhalt

FRITZ ECKENGA

Zwischen Heimerzheim und Weilerswist

Wer verreist, der kann was erzählen

Wenn das Autoradio nicht wäre, hätte ich wahrscheinlich längst vergessen, wo ich seit mittlerweile einer Stunde stehe, beziehungsweise, wo ich sitze. Ich stehe also sitzend auf der »A 61 zwischen Swisttal/Heimerzheim und Weilerswist«. Eine Staumeldung unter Dutzenden, eingekeilt irgendwo zwischen dem aktuellen Britney-Spears-Auswurf, der aktuellen Otto-Sanders-Autowerbung.

Schon wieder ein halbe Stunde rum. Alle 30 Minuten wird Staumeldung gemacht. Jetzt also schon eineinhalb Stunden »zwischen Swisttal ...« Jadoch! »... Heimerzheim und Weilerswist.« Danke!! Ich hab's begriffen!!! Immerhin, so viele Zischlaute hat nicht jeder Stau, und die weibliche Stimme des Autoradios hat einen klitzekleinen S-Fehler. Sachte stößt sie bei jedem »sss« mit der Zunge an die Zähne. Das klingt ganz putzig und läßt den Gestauten einen dürftigen Moment lang das klebrige Sitzfleisch vergessen. Ein klimaautomatisiert gekühlter Ledersitz, der wär's jetzt. Dieser hier hat einen powarmen Veloursbezug und hängt an. Beim vorsichtigen Anheben des Hinterteils macht es »schloffz«. Das paßt ganz gut zum »Oops«, mit dem Miss Spears sich endlich aus dem Auto verflüchtigt. Wie schön. Wenn jetzt die zischelnde Radiostimme das baldige Stauende ankündigte, hätte der Reisetag seinen ersten echten Höhepunkt.

Statt dessen kommt es noch tiefer. Statt dessen kommt BAP. Es gibt also tatsächlich auch im dritten Jahrtausend noch Radiosender, die ihre Staugeiseln mit ganz altem Niedecken foltern dürfen. »Isch jäh su unwascheinlisch jähn mit dir in de Waschsalong«, froscht es so nervtötend aus dem Apparat, daß man sich umgehend eine aktuelle Kampfhundmeldung aus der Kölner Südstadt wünscht. »Pitbullrudel bringt rheinische Mundartrocker für immer zum Schweigen!«

Unerhört verdampft der Wunsch in der von innen beschallten Konservendose. »Wischwasch wisch wasch«, bapt es nicht enden wollend aus dem Radio. Der Magen reagiert als erster. Mit einem sauren »Blörp« erinnert er seinen Besitzer an den letzten Tankstop, an dem er der plakatierten Versuchung nicht widerstehen konnte. Zur »Pause mit Pepp in Peppenhoven« lockte die Zapfsäulengastronomie mit der beeindruckenden Einladung zur Teilnahme an den »Mediterranen Wochen in Peppenhoven-Ost«. Daß man nach Besichtigung der in Vitrinen frierenden und ihrer Erlösung in der Mikrowelle harrenden »italienischen Spezialitäten« doch wieder zum kleineren Übel Bratwurst griff, rächt sich jetzt zwar mit aufkommendem Sodbrennen. Ob man aber den Selbstversuch mit Peppenhovener »Tortellini a la panna con BAP« im anschließenden Vollstau überhaupt überlebt hätte, ist doch eher zu bezweifeln.

Eine halbe Stunde später. Im Radio macht Otto Sanders wieder Autowerbung, die Nachrichtenredaktion hat die Kampfhundmeldung zugunsten einer Gerhardschrödermeldung hinten rausfallen lassen, und der zischelnde Stau auf der »A 61 zwischen Swisttal/Heimerzheim und Weilerswist« hat sich verkürzt. Ganz vorne in der Schlange sind also die ersten losgefahren.

Wenn sie wieder stehenbleiben, wird ihnen das Radio sagen, wo sie sind. Und ich werde ihnen folgen – etwas später.

SIMON CARMIGGELT

Die Fahrkarte

Im Bahnhof eines kleinen Ortes draußen auf dem Land wartete ich – hin und her gehend – auf den Zug, der mich nach Amsterdam zurückbringen sollte. Ich hatte gerade ein Päckchen Zigaretten aus meiner Seitentasche gefischt und mir eine angesteckt, als sich eine junge Frau näherte, die von der Natur keineswegs stiefmütterlich bedacht worden war. Ich setzte mich auf eine Bank und beobachtete sie, wie mit offenem Mund. Sie war sehr schön, und das hatte ihr wohl auch jemand verraten. Deshalb bewegte sie sich wie eine Frau, die durchaus weiß, dass sie in der Öffentlichkeit den lieben langen Tag über männliche Individuen auf männliche Gedanken zu bringen vermag.

Als sie ziemlich nah war, warf sie mir einen Blick aus Stahlbeton zu, öffnete kurz ihre Handtasche und entnahm ihr eine Rolle Drops, was ich irgendwie nicht so toll fand – ich weiß nicht, warum. Eines davon in den Mund schiebend, schritt sie weiter. Auch ihre Rückseite schien vielversprechend zu sein. Der schaute ich einige Zeit nach und sah dann plötzlich, dass etwa einen Meter von meinen Füßen entfernt eine Fahrkarte auf dem Bahnsteig lag. Die war natürlich beim Herausnehmen der Rolle Drops aus ihrer Tasche gerutscht.

Hilfsbereit rief ich ihr nach: Hallo!

Was anschließend passierte, bewies, dass Schönheit auch ihre Schattenseiten hat. Eine weniger gut aussehende Frau hätte sich sofort umgedreht, um zu erfahren, warum ich gerufen hatte. Aber diese – ich wiederhole es noch einmal – war sich der subversiven

Kraft, die Begehrlichkeiten in jedem Mann auslöst, derart bewusst, dass sie sich nicht umschaute, sondern, den Kopf noch stolzer erhoben, weiterlief.

Na, dann nicht, dachte ich.

Beleidigt.

Denn meine Absichten waren doch völlig rein gewesen. Ich wollte ihre Aufmerksamkeit auf die Tatsache lenken, dass ihre Fahrkarte da auf dem Boden lag, aber Undank ist der Welt Lohn! Als wäre ich ein alter Schürzenjäger.

Ganz am Ende des Bahnsteigs nahm sie Platz auf einer Bank, ein unnahbar schön sitzendes Wesen.

Wenn du jetzt meinst, dass ich dir das hinterhertrage, hast du dich geschnitten, dachte ich.

Auf die Fahrkarte blickend, fing ich an mir die kleine Szene vorzustellen, die sich gleich im Zug abspielen würde.

Der Schaffner kommt.

Dem verpasst sie auch so einen Komm-mir-bloß-nicht-zu-nahe-Blick.

Selbstbewusst öffnet sie die Handtasche.

Dann folgt das nervöse Gesuche unter den Blicken des Schaffners und der anderen Reisenden.

Kurz – eine Niederlage.

Selbst schuld.

Ich hätte ihr alles ersparen können, aber sie wollte ja nicht.

Es war windig auf dem Bahnsteig und die Fahrkarte geriet in Bewegung. Immer näher zum Rand. Und sie wurde, wie ich mit niederträchtigem Wohlbehagen registrierte, auf die Schienen geweht, als der Zug einfuhr.

Ich lief nach vorne und setzte mich in denselben Waggon wie die junge Dame.

Als sie mich bemerkte, wendete sie ihren schönen Kopf missvergnügt ab.

Warte nur, dachte ich. Warte, wenn der Schaffner kommt.

Das dauerte noch ungefähr zehn Minuten, sodass die Spannung immer höher stieg. Endlich war es so weit.

Er stand neben ihr mit einem ungewohnten Lächeln.

Sie öffnete ihre Tasche.

Und gab ihm ihre Fahrkarte.

Erst als ich an der Reihe war, schien sich meine nicht mehr in der Seitentasche zu befinden. War auf den Bahnsteig gefallen, als ich die Zigaretten herausgeholt hatte. Ich habe meinen ganzen Anzug erfolglos durchsucht, unter den ungeduldigen Augen des Schaffners.

Sie schaute auch – amüsiert.

MARTHA FREI

Trambahn-Diskussion

Meist ereilt mich ein richtig toter Punkt, sobald ich nach Feierabend in der Trambahn Platz genommen habe. In der Regel fallen mir dann die Augen zu, und ich pflege bis zur heimatlichen Haltestelle zu dösen. Diesmal wurde ich jedoch von einem Mitglied meiner »Inneren Damenband« aufgeschreckt, welches bislang nicht zu Wort gekommen ist, Frau Lebedame (»Conny« bzw. »Connoiseuse«): »Uuuiiih! Schau mal nach links schräg gegenüber!« Schwer hob sich eines meiner Lider. »Hmmmm?« – »Der Typ dort! Wow! Ist der fesch! Der wär' was für uns!« – »Blödsinn, der ist mindestens zwanzig Jahre jünger als ich.« – »Das ist ein Grund, aber kein Hindernis«, warf das Wilde Weib ein. »Nein, nein, das Elend mit so einem jugendlichen Liebhaber hatten wir schon mal!«, protestierte Frau Nörgel-Zick. Frau Lebedame, Wildes Weib und ich versanken ins Nachdenken, wen sie wohl meinen mochte …

… »Ach, jetzt hab' ich's!«, rief das Wilde Weib. »Sie meint den Freddie!« – »Yepp.« – »Also, das müsst ihr zugeben, der ist in der Tat keinen großen Schuss Pulver wert gewesen, als Liebhaber«, murmelte ich, in Erinnerungen tastend. »Jedesmal, wenn das Große Konzert angesagt gewesen ist, hat er die Ouvertüre und sämtliche Sätze ausgelassen und sich ausschließlich dem Crescendo gewidmet ...« – »... das dann immer nach ein paar kurzen Takten schon vorbei gewesen ist«, ergänzte das Wilde Weib. »Und das, bevor ich mein Orchester auch nur halbwegs stimmen konnte.« – »Einen solchen Egomanen sollten wir uns weiß Göttin nicht noch einmal anlachen!«, rief Frau Nörgel-Zick ...

... Nach kurzem Schweigen wandten Frau Lebedame und das Wilde Weib ein: »Ach, komm! Wir sind jetzt doch um einiges reifer und vielleicht auch klüger geworden! So einen jugendlichen Liebhaber kann man sich doch erziehen.« – »Viel zu anstrengend«, murmelte das Stinkfaule Luder. »Immer dieser Muskelkater nach dem Großen Konzert«, jammerte die Hypochon-Trine. »Also, das kommt aber schon auch darauf an, welche Position man mit seinem Orchester einnimmt«, belehrten uns »Conny« und das Wilde Weib ...

... »Stellt euch mal vor, Mädels, der Bursche käme eines Tages drauf, dass er's hier nicht nur mit mir zu tun hat, sondern mit einer üppigen Handvoll halbverrückter Weiber«, schmunzelte ich, »der würde doch schleunigst das Weite suchen.« – »Na, vielleicht aber auch nicht«, entgegnete das Wilde Weib und die Frau Lebedame ergänzte: »Also, manche Männer träumen ja von einem Harem. – Und vielleicht hätte der Typ sogar eine ›Herrenband‹. Hach, was würde das dem Niveau unserer Unterhaltungen gut tun!« Wir schnappten nach Luft und musterten die »Connoisseuse« indigniert …

… An der nächsten Trambahnhaltestelle stieg der fesche junge Mann aus. Er wurde bereits sehnlichst von einem hochgewachsenen, gertenschlanken Mädchen mit üppiger, roter Lockenpracht, in knappem Minikleid und waffenscheinpflichtigen Stilettos erwartet. Die beiden umarmten sich leidenschaftlich küssend. Meine »Damenband« und ich begruben den Traum vom jugendlichen Liebhaber (»Vorerst mal«, murmelten das Wilde Weib und die Lebedame), ich schloss die Augen und döste noch ein Weilchen vor mich hin …

ROOT LEEB

Die Weiche

Der erste Tag, zum ersten Mal allein, ohne Lehrfahrer und selbst verantwortlich für diesen Riesenzug, und dann die vielen Fahrgäste und die so knapp bemessene Fahrzeit auf der gefürchteten Linie 20: das ist hart.

Aber bis auf ein paar verlängerte Bremswege und

daher nicht so genau getroffene Haltestellen und Ampeln, Lichtzeichenanlagen genannt, ist eigentlich alles ganz gut gegangen, und ich, Roberta Laub 5 – anscheinend gibt es tatsächlich noch vier andere Laubs oder Leubs bei den Verkehrsbetrieben, jedenfalls hängt wegen der »Verwechslungsgefahr« immer diese »5« an meinem Namen –, wie auch immer, ich, Laub 5 also, rattere mitten in München zwischen Sendlinger Tor und Stachus dahin und bin gerade dabei, zufrieden die Bilanz dieses ersten Tages zu ziehen.

Am Sendlinger Tor haben sich noch einmal ein Dutzend Fahrgäste in den ohnehin überfüllten Triebwagen gedrängt, nachdem sie sich vorher aufgeregt erkundigt hatten (Stimmlage von Weiß Ferdl): »Sie, Frailein, fahrn Sie Hauptbahnhof?«

Darauf ich, mit der Routine einer kurz vor der Pensionierung stehenden Fahrerin: »Aber freilich! Das ist die Linie 20, und die Linie 20 fährt immer zum Hauptbahnhof!«

Ein kurzer Blick auf die Wagenuhr: Oh Gott, schon mehr als sieben Minuten Verspätung! Da wird mir gleich der Hintermann am Puffer hängen. Darum ist der Wagen so voll, ich fahr ja schon seine Fahrgäste! Also noch einen Zahn zulegen. Die Ampel da vorn steht zum Glück auf grün, die erwisch ich noch! Um Himmels willen, da ist ja noch die Weiche! Ja Herrschaftsseitn, warum bremst der Wagen bloß nicht, gelaufen ist er doch auch so gut! Links, nein rechts, nein, doch links! Schon drüber.

Wo fährt der Zug denn jetzt hin?! Ich bin auf dem Gleis von der Linie 18! Mich trifft der Schlag.

»Zentrale, bitte für Linie 20, Kurs 6.«

»Kommen Sie auf Kanal 2.«

»Zentrale, ich hab mich verfahren und steh mit dem 20er im 18er Gleis am Stachus …«

»Ja, dann fahren Sie Umleitung über Ottostraße, Karlstraße zum Stiglmaierplatz und weiter auf dem Linienweg. Fahrgäste zum Hauptbahnhof lassen Sie am Stachus umsteigen.«

»Verstanden, danke.«

Die entgegenkommenden Kollegen sehen natürlich alle deutlich, daß die Neue ihren Zug ins falsche Gleis gestellt hat, und am Funk haben sie auch mitgehört. Es ist doch immer wieder spannend, wie dumm sich die Neuen anstellen, vor allem wenn es halt »Madln« sind. Und Fahrerinnen bleiben »Madln« bis ins Rentenalter, das habe ich schon während der Ausbildung verwundert zur Kenntnis genommen.

Aber die Kollegen sind freundlich und winken lachend, und die Neue würde am liebsten im Erdboden versinken und schwitzt und wird abwechselnd rot und blaß und informiert kleinlaut über Innenlautsprecher die Fahrgäste über die Umleitung.

»Ja, aber so was, jetzt ham Sie doch vorhin grad gsagt, daß Sie zum Hauptbahnhof fahrn, so was!«

»Ja, entschuldigen Sie vielmals, aber da hab ich noch nicht gewußt, daß ich mich verfahr!«

Da müssen sie lachen.

HORST EVERS
Für Eile fehlt mir die Zeit

Sitze im Zug und arbeite am Computer. Kann mich nicht gut konzentrieren. Neben dem Fahrgeräusch hört man ein lautes Krächzen, Röcheln und Krachen. Als würde in der Radaufhängung etwas schleifen oder so ähnlich. Klingt gar nicht gut. Zerrt auch ziemlich an den Nerven, das Geräusch. Unangenehm. Jetzt gibt es sogar leichte Schläge. In die Seite. Oder mehr so ein Stupsen. Und jetzt ruft es: »Halloooo! Hallo, Sie! Das stört doch sehr! Wachen Sie auf! Halloooo!!!«

Ich reiße die Augen auf und schaue in das ärgerliche, aber wunderschöne Gesicht einer Frau mit ganz, ganz vielen Haaren. Als sie sieht, dass ich wach bin, schwebt sie zurück zu ihrem Platz zwei Reihen weiter. Ich versuche, zu mir zu kommen. Immerhin, in dem Moment, wo sie mich geweckt hat, haben auch diese krächzenden, röchelnden, krachenden Geräusche in der Radaufhängung aufgehört. Der Zug ist wieder heile. Eine Sorge weniger.

Schaue mich ein wenig um. Alle Reisenden aus dem Waggon starren mich an. Fühle mich unwohl, verkrieche mich ganz, ganz tief in den Sitz. Der Jugendliche gegenüber grinst. Versuche, möglichst beiläufig zu fragen:

– Hallooo, wie lange war ich denn weg?

– Knapp 'ne Stunde. Seit kurz hinter Offenburg.

– Uiiihh, und ich hab wohl auch ein bisschen geschnarcht, oder?

Er lacht.

– Ein bisschen? Obwohl, anfangs war es noch recht leise. Erst die letzten vier, fünf Minuten wurde es dann richtig laut.

– Wie laut?

Von einem Sitz vier Reihen weiter hinten ruft jemand:

– Na, so richtig laut. Klang wie 'ne Knochensäge am Unfallort!

Von vorne kommt Widerspruch:

– Nee, ich find eher wie ein Abflussrohr nach einer Wassersperrung!

– Nein, als wenn man bei einem Auto den vierten Gang nicht richtig reinkriegt, es minutenlang versucht, aus Verzweiflung immer mehr Gas im Leerlauf gibt und dann aus Trotz einfach mal den Rückwärtsgang einlegt!

Plötzlich hat jeder eine Meinung zu meinen Schnarchgeräuschen, doch die aufkommende, lebhafte Diskussion wird von der Durchsage, der Zug erreiche in wenigen Minuten Mannheim, jäh abgewürgt. Mir ist es sehr recht, dass offensichtlich ein Großteil der Reisenden aussteigt. Auch der Jugendliche räumt seine Sachen zusammen. Im Aufstehen raunt er mir noch zu:

– Ich fand ja das Gerede im Schlaf vorher viel unangenehmer. Gott sei Dank waren keine Kinder im Abteil.

Dann grinst er wieder so, dass man nicht genau weiß, ob er einen Scherz gemacht hat.

Die Frau mit den ganz, ganz vielen Haaren versucht, mich zu beruhigen:

– Ach, machen Sie sich keine Gedanken, für einen Mann in Ihrem Alter ist so was völlig normal.

Jetzt bin ich wirklich aufgewühlt. Frage sie aber lieber nicht, wie alt ein Mann in meinem Alter wohl so sei. Und auch nicht, was für den dann völlig normal sei. Vielleicht hat die Frau ja auch nur einen Scherz gemacht. Denke, während die Frau lachend im Gang steht: Wie schafft so ein Kopf das nur, mit so vielen Haaren? Das muss doch irrsinnig anstrengend für den Kopf sein, die alle mit Nährstoffen zu versorgen.

Oder bei Gegenwind. Ich wäre wahrscheinlich noch viel müder, wenn ich für so viele Haare die Verantwortung tragen müsste.

Ein neuer Fahrgast steigt ein und setzt sich an meinen Tisch. Wobei, er setzt sich an meinen Tisch ist stark untertrieben. Im Hinsetzen holt er schon seinen Laptop raus, klappt ihn auf, schaltet ihn ein, nimmt das Ladegerät, fragt mich, wo die Steckdose ist, steckt den Stecker ein, telefoniert währenddessen mit dem Handy, checkt seine Mails, stellt plötzlich seinen Cofee to go, einen Take-away-Bag von der Sandwich-Station und einen Obstshake – all das muss er wohl die ganze Zeit in der Hand gehabt haben – auf dem Tisch ab, telefoniert immer noch, tippt parallel was in den Laptop, holt einige Unterlagen aus der Tasche, verstaut die Tasche, telefoniert immer noch, verschickt Mails, beginnt nebenher die drei Zeitungen aus seiner Manteltasche durchzusehen, fängt an zu essen, telefoniert immer noch, holt ein zweites Handy raus, tippt dort auch noch was und beendet dann, bevor der Zug überhaupt losgefahren ist, sein Telefonat mit den Worten: »Ich bin im Zug und die ganze Zeit erreichbar. Mache ohnehin gerade nichts.«

Denke, für das, was dieser Mann allein während des Einsteigens in einen Zug macht, brauche ich ungefähr anderthalb Wochen.

Schaue fasziniert dabei zu, wie er jetzt gleichzeitig

isst, tippt, liest, trinkt, etwas auf seinem iPod hört und, wie gerade erwähnt, ganz nebenbei auch noch nichts tut. Um nicht völlig abzustinken, schaue ich ebenfalls mal auf mein Handy. Ach guck, zwölf SMS. Das ist ungewöhnlich. Bin ein bisschen stolz. Sage möglichst lässig in Richtung des Mannes: »Hui, da hab ich ja schon wieder zwölf SMS bekommen. Die Leute, die Leute, da guckt man dreißig Minuten nicht aufs Handy, zack! sind wieder zwölf SMS da. Aber so ist das nun mal.«

Vom Mann kommt keine Reaktion, er tut, als würde er mich gar nicht hören. Na, ist wahrscheinlich neidisch auf meine zwölf Kurzmitteilungen.

Die sind allerdings sehr verwirrend. Sie reichen von »Was soll der Quatsch?« über »Iiiiihh, ist das eklig!« bis zu »Boah, siehst du scheiße aus!« und »Wer hat denn die Fotos gemacht?«. Seltsam, und wann habe ich überhaupt mein Handy auf lautlos gestellt?

Bekomme ein mulmiges Gefühl. Schaue in den Gesendet-Ordner. Na toll, der Jugendliche hat mich offensichtlich mit meinem Handy beim Schnarchen fotografiert. Mit offenem Mund und Zunge draußen und Schlabbern inklusive. Uääääwwwhh, nicht so schön. Dann hat er die Fotos offensichtlich an möglichst viele Nummern aus meinem Handyadressbuch geschickt. Da kommt noch eine SMS. Von Micha. »Super Fotos, Horst, voll eklig, coole Sache, hab sie gleich an alle meine Nummern weitergeschickt und auf Facebook gepostet. lg Micha.«

Ach wie wunderbar, denke, du mich auch lg.

Mittlerweile tippt und tickert und klappert es im Waggon richtig heftig. Stimmt, zwischen Mannheim und Frankfurt gibt es im ICE neuerdings ein funktionierendes WLAN. Praktisch jeder hat jetzt einen Laptop vor sich und klackert vor sich hin. Na, da kann ich mir ja mal auf Facebook die Bescherung anschauen.

Sehe schnell, dass Micha ganze Arbeit geleistet hat. Er hat das auch noch vergrößert und die Zunge eingefärbt. Warum macht er das, und wieso grün? Rufe Micha an, er soll den Quatsch löschen. Kriege nur seine Mailbox, will schon wieder auflegen, als irgendetwas in mir befiehlt, ich solle laut in mein Handy sprechen. Rede also ganz laut sinnloses Zeug wie: »Hallo, Micha, ja, ich sitze noch im Zug. Stell dir vor, mittlerweile kann man hier sogar während der Fahrt ins Netz. Ich fahre mit über zweihundert Stundenkilometern und bin im Internet. Kann ich gleichzeitig. Und nebenbei telefoniere ich noch. Wahnsinn, was? Und das Tollste, über dieses Zug-WLAN kann man sich auch ganz einfach in die Computer der anderen reinhacken. Ich habe praktisch vollen Zugriff auf alle Computer hier im Zug!«

Das Klackern verstummt. Einige klappen ihren

Laptop zu, alle starren mich an. Zehn Sekunden herrscht völlige Stille. Überlege, wie viele Millionen Bruttosozialprodukt dieser kleine Scherz das Land jetzt wohl kostet. Dann rufe ich: »War nur ein Scherz! Hier, ist nur 'ne Mailbox, nur ein Scherz! Haha! Ich bin Spaßmacher, ich wollte nur mal gucken, was passiert, wenn ich so was sage.«

Ein paar lächeln gequält. Die meisten widmen sich wieder ihrem Computer. Zwei Männer aber packen ihr Gerät weg. Sie trauen mir wohl nicht.

Der Mann an meinem Tisch nimmt sein Handy und telefoniert. Er ruft: »Ey, du glaubst es nicht, aber das Bild, das du mir gerade geschickt hast. Von dem sabbernden, schnarchenden Mann im Zug. Der sitzt mir gegenüber, grad hat der schon wieder einen Superscherz gemacht!«

Und in der Werbung sagen sie, demnächst wollen sie die Leitungen und alles noch viel schneller machen. Wahnsinn.

FRANZ HOHLER

In der Luft

Ich weiß, daß es das Fahrwerk ist, das eingezogen wird, wenn es unter meinem Sitz knirscht und zittert, aber trotzdem habe ich dieses Knirschen und Zittern nicht gern.

Ich weiß, daß das Leiserwerden der Triebwerke keinen Ausfall der Triebwerke bedeutet, sondern nur ein Leiserwerden, aber trotzdem habe ich dieses Leiserwerden nicht gern.

Ich weiß, daß es eine Turbulenz ist, wenn das Flugzeug zu wackeln beginnt, aber trotzdem habe ich nicht gern, wenn das Flugzeug wackelt.

Wenn es im Lautsprecher klingelt, weiß ich, daß jetzt dann die Stewardeß sagt, man solle sich anschnallen, aber trotzdem habe ich dieses Klingeln nicht gern.

Ich weiß, daß sich der Pilot auch orientieren kann, wenn er durch die dicksten Wolken fliegt, aber trotzdem habe ich nicht gern, wenn er durch die dicksten Wolken fliegt.

Ich weiß, daß fliegen möglich ist, aber trotzdem glaube ich es nicht, wenn ich oben bin.

ROBERT GERNHARDT

Die Waldfee und der Werbemann

Es war einmal ein Werbemann, der hatte seiner Agentur viele Jahre lang nach besten Kräften gedient. Da begab es sich, daß die Agentur den riesigen Etat für ein neues Produkt an Land zog. Dieses Produkt aber hieß »Meyers Pampe«, und das war eine Pampe, die einen echten Produktvorteil besaß, da sie alle anderen Pampen an Klebrigkeit, Sämigkeit und Pampigkeit weit übertraf. Und weil das so war, sollte sie auch mit einem Slogan beworben werden, wie er eingängiger und treffender noch nicht erdacht worden war. Diese Aufgabe nun fiel unserem Werbemann zu, doch wie er sich auch anstrengte, alles, was ihm einfiel, war der Spruch »Meyers Pampe ist die beste«. Diesen Vorschlag hatte er auch beim Kreativdirektor eingereicht, doch wie er des Abends Überstunden machte, da hörte er, wie der Kreativdirektor dem Agenturchef auf dem Flur sagte: »So geht es nicht weiter mit unserem Werbemann. Er ist alt und zahnlos geworden. Das beste ist, wenn wir ihn so bald wie möglich schlachten.«

Da krampfte sich das Herz des Werbemannes zusammen, und er dachte bei sich: »Bevor es so weit kommt, da will ich lieber in die Fremde ziehen.« Und noch in derselben Nacht schnürte er sein Bündel und wanderte zur Stadt hinaus.

Bald gelangte er in einen tiefen Wald, wo er sich ermattet ins Gras sinken ließ. »Ach«, dachte er glücklich, »wie schön ist es doch hier im Wald. Hier will ich mein Leben beschließen. Was brauch ich denn? Wasser gibt's hier im Überfluß, Pilzchen und Würzelchen ebenfalls. Und Ruhe! Wenn ich dagegen an die Hetze in der Agentur denke!« Und unter solchen Gedanken schlief er ein.

Am folgenden Morgen tat er sich zunächst am Quell gütlich, dann verspeiste er einige Wildkirschen, die ihm köstlich mundeten, und schließlich streckte er sich auf der Wiese aus und ließ sich die Sonne recht ordentlich auf den Pelz brennen. Als er so eine Weile gelegen hatte, da sah er einen Hasen über die Wiese hoppeln, und unwillkürlich ging ihm das folgende Verslein durch den Kopf: »Selbst der braune Meister Lampe greift erfreut nach Meyers Pampe.«

Das aber ärgerte ihn, und so verscheuchte er jeglichen Gedanken an Meyers Pampe aus dem Kopf und konzentrierte sich auf ein allerliebstes Meisenpaar, das auf dem Ast einer Buche turtelte. Doch auch bei diesem Anblick ging es ihm nicht besser. »Die Meise ruft es vom Geäste: Meyers Pampe ist die beste!« reimte er wider Willen. Das ärgerte ihn noch mehr, und laut rief er aus: »Ach Scheiße, was geht mich denn jetzt noch diese Pampe an!« Doch schon im selben Moment schoß ihm wieder ein Verslein durch den Kopf: »Ach Scheiße, ruft der Werbemann, nichts reicht an Meyers Pampe ran« – und so ging es ihm mit jedem Ding, das er betrachtete und bedachte, bis es ihn nicht länger hielt. »Was habe ich hier im Wald verloren?« dachte er bei sich. »Ein kreatives Talent wie ich gehört nun mal in eine Agentur!« Und er begann so schnell wie möglich in die Stadt zurückzuwandern.

Da geschah es, daß ihm am Waldrand eine Fee begegnete.

»Guten Tag, lieber Werbemann«, sagte die Fee. »Ich weiß, daß du ein unschuldiges Gemüt hast, und deswegen sollst du jetzt drei Wünsche frei ha...«

Doch der Werbemann war so in Gedanken versunken, daß er gar nicht auf das hörte, was die Fee sagte, ja, er unterbrach sie sogar und rief ihr zu: »Du tust mir in der Seele weh, weil ich dich ohne Meyers Pampe seh!« Und mit diesen Worten ließ er die verdutzte Fee stehen und eilte in die Agentur zurück, wo er dem Kreativdirektor sogleich stolz seine neuen Slogans unterbreitete.

Diese Vorschläge freilich stießen auf eine derartige Ablehnung seitens der Geschäftsleitung, daß der Werbemann noch am selben Nachmittag geschlachtet wurde.

Die Fee aber nahm sich seine Worte so sehr zu Herzen, daß sie fortan nur noch Meyers Pampe benutzte. Und da sie der erste Versuch sehr zufriedenstellte, benutzt sie sie wohl noch heute.

HEIDRUN PFEIFFER

Sprichwörtliches

Auch dem Spruch »Wer zuletzt lacht, lacht am besten« folgt immer eine Zeit, und keiner weiß so recht zu sagen, wie lange es dauert, bis das »Zuletzt« eintritt. Jedenfalls wird dieses Sprichwort von einer starken Hoffnung getragen. Bei einem Wettkampf, sagen wir auf dem Rad, kann es schon der nächste Hügel sein, bei dessen Erklimmen der Widersacher überholt sein wird; oder das nächste Jahr, in dem man den geldseligen Nachbarn mit dem Bau eines eigenen und größeren Pools konfrontiert oder nicht schadensunfroh hier und heute den unübersehbaren Platten am Cabrio des Smartesten aller Smarten auf dem Unigelände registriert. Zu den Spannungen des Alltags gehört auch, dass es dank des Neids der Menschen und der Lust am Haben vielfach solche Situationen gibt, parallel und aufeinanderfolgend, und das alles beginnt verdammt früh, zum Beispiel auf dem Kinderspielplatz; und endet spät, im Seniorensingkreis vielleicht, wenn überhaupt.

Zuvor haben wir uns immer mit jemandem verglichen und uns geärgert, und der oder die, über die oder den man sich geärgert hat, muss in der Blüte des Erfolgs und des Gelingens (und vielleicht auch der Macht) gestanden haben – jedenfalls in *unseren* Augen –, denn sonst hätten wir dieses *Wer zuletzt lacht, lacht am besten* nicht einfach ausgesprochen (oder vor uns hingemurmelt). Den eher Schüchternen und nur bedingt Weltgewandten bleibt dieser Spruch aber immer auch *post festum*, im Nachhinein, wenn jemand, dem man still das Schlimmste an den Hals gewünscht hat, sich entschließt, ein noch ärgeres Schicksal zu erleben als dasjenige, was man ihm, ganz und gar unfreundlich, aber ohne einen lauten Fußtritt, zugedacht hatte.

Ein Fest ist es zweifellos, wenn der Chef, der einen jahrelang, *viele* Jahre lang, drangsaliert und schließlich mit Entlassung gewunken hatte, plötzlich selbst den Hut nehmen muss, völlig unerwartet, an einem Allerweltsvormittag von der einen Stunde auf die andere. Das Dabeisein beim »Zuletzt« löst erst im vollen Sinn die Wucht dieses Spruchs ein.

Was nach dem Lachen bleibt, steuert immer zu auf die Frage nach dem Preis; denn was der Zahn der Zeit auch schließlich zur Lösung bringt, das hat er zuvor vielleicht schon völlig weggefressen. Was überwiegt? Was davon ist dem Schlimmen, das war, zuzubuchen? Und was davon der Erleichterung jetzt und für später? *Wir blicken so gern in die Zukunft ...*

Das ist ja mit vielen Sprichwörtern so: waffenfähiges Gedankeninstrument einerseits, das uns im Leben weiterhilft; und doch ein Zeugnis für die

Kleinheit unserer Natur. Insofern hängt ihnen immer auch ein Moment der Falschheit an, denn unser letztes Zuletzt verschließt sich grundsätzlich dem Lachen.

JOHANN TALITZ VON LIECHTENSEE

Ein geistesgegenwärtiger Dieb

Ein Dieb wollte eine Speckseite aus dem Schornstein stehlen, fiel aber mit einer herunter. Der Wirt im Haus zündete ein Licht an und suchte in der Küche, was da wäre. Jener hatte in die Hände gespien und an die Wand gerieben, strich sich im Gesicht kohlschwarz an und stand aufgerichtet in der Küche. Der Wirt fragte, wer er wäre. Er sagte, der Teufel. Was er da wolle? Er hätte ihm eine Speckseite gebracht. Der Wirt sagte zitternd: »Ich begehre sie nicht, nimm sie nur hin und gehe damit zum Haus hinaus!«

Womit der arme Teufel gar wohl zufrieden war, weil er nichts anderes begehrt hatte.

MARK TWAIN

Der Streich, der Ed Glück brachte

Laßt uns dankbar sein für die Toren. Ohne sie könnten wir übrigen keinen Erfolg haben.

Pudd'nhead Wilson's New Calendar

Einige Jahre vor Ausbruch des Bürgerkrieges stellte es sich heraus, daß Memphis im Staate Tennessee anfing, ein großer Tabakumschlagplatz zu werden; wer einsichtig war, konnte die Anzeichen bemerken. Selbstverständlich besaß Memphis damals ein Verladeschiff. Es gab zwar einen abschüssigen, gepflasterten Kai zum Abstellen der Fracht, aber die Dampfer legten an der Außenseite des Verladeschiffes an, und jegliches Laden und Löschen zwischen Dampfer und Ufer wurde über dessen Deck abgewickelt. Dazu brauchte man eine Anzahl Angestellte. Die mußten jeden Tag einige Zeit hart arbeiten und dann wieder einige Zeit langweiligen Müßiggang ertragen. Sie sprühten vor Jugend und Unternehmungsgeist und mußten sich die Pausen, in denen nichts zu tun war, irgendwie erträglich machen; meist taten sie es, indem sie sich Streiche ausdachten und sich gegenseitig spielten.

Das beliebteste Opfer dieser Streiche war Ed Jackson, weil er selbst nie welche machte und für die der anderen eine leichte Beute darstellte – denn er glaubte immer alles, was man ihm erzählte.

Eines Tages eröffnete er den anderen seine Absichten für die Ferien. Er wollte sie diesmal nicht mit Fischen oder Jagen verbringen, oh nein, er hatte sich einen besseren Plan ausgedacht. Von seinen vierzig Dollars im Monat hatte er sich durch sparsames Verhalten genug beiseite gelegt für seinen Zweck, und nun wollte er sich mal New York ansehen.

Das war eine großartige und überraschende Idee. Das hieß, eine Reise machen, eine unermeßliche Reise – in jenen Tagen bedeutete es: die Welt sehen; es war dasselbe, was für uns heutzutage eine Weltreise ist. Zunächst glaubten die übrigen Burschen, er sei nicht ganz bei Verstand, aber als sie merkten, daß es ihm ernst damit war, dachten sie als nächstes darüber nach, welche Möglichkeiten für einen Streich dieses Abenteuer bieten mochte.

Die jungen Männer überlegten gründlich, hielten dann eine geheime Beratung ab und machten folgenden Plan: Einer der Verschwörer sollte Ed ein Empfehlungsschreiben für Kommodore Vanderbilt anbieten und ihn überreden, es abzugeben. Das wäre leicht zu machen. Aber was würde Ed tun, wenn er nach Memphis zurückkäme? Das war eine ernste Sache. Er war gutmütig und hatte stets geduldig ihre Späße hingenommen, aber es waren Späße gewesen, die ihn nicht demütigten oder beschämten; dieser dagegen war, was das betraf, grausam.

Ed diesen Streich spielen, hieß mit dem Feuer spielen; denn bei all seiner Gutherzigkeit war Ed doch ein Südstaatler, und das hieß auf gut Englisch, daß er bei seiner Rückkehr möglichst viele der Verschwörer umbringen würde, bevor er selber fiel. Nun, dieses Risiko mußten sie eben auf sich nehmen. Einen solchen Spaß durfte man sich nicht entgehen lassen.

So wurde der Brief mit großer Umsicht und Sorgfalt abgefaßt. Er war in unbefangenem, freundlichem Ton gehalten und mit Alfred Fairchild unterzeichnet. Es stand darin, der Überbringer sei eng befreundet mit dem Sohn des Schreibers, er besitze gute geistige Fähigkeiten und habe einen gediegenen Charakter, und der Kommodore möge dem Schreiber zuliebe dem jungen Fremden freundlich begegnen. Weiter hieß es: »Sie mögen mich in dieser langen Zeitspanne vergessen haben, aber Sie werden mich unschwer hervorholen aus Ihren Kindheitserinnerungen, wenn ich Ihnen ins Gedächtnis rufe, wie wir an dem einen Abend den Obstgarten vom alten Stevenson plünderten und wie wir, während er auf der Straße hinter uns her jagte, querfeldein liefen und zurückschlichen und seine eigenen Äpfel für eine Mütze voll Krapfen an seinen Koch verkauften; und wie wir das andere Mal ...« Und so weiter, und so weiter. Namen von erfundenen Kameraden wurden genannt und alle möglichen ausgelassenen und verrückten, dabei natürlich völlig erfundenen Schuljungenstreiche und Abenteuer bis in alle Einzelheiten lebendig und anschaulich geschildert.

Mit aller Feierlichkeit wurde Ed gefragt, ob er gerne einen Brief für Kommodore Vanderbilt, den großen Millionär, haben wollte. Man erwartete, daß ihn die Frage überraschen würde, und so war es auch.

»Was? *Du* kennst diesen außergewöhnlichen Mann?«

»Nein, aber mein Vater. Sie waren Schulkameraden. Und wenn du willst, werde ich meinem Vater schreiben und ihn bitten. Ich weiß, mir zuliebe wird er dir gerne einen mitgeben.«

Ed fand keine Worte, seine Dankbarkeit und Freude auszudrücken. Nach Ablauf der drei Tage wurde ihm der Brief übergeben. Er trat seine Reise an, und als er allen zum Lebewohl die Hand schüttelte, strömte er noch immer über vor Dankbarkeit. Als er ihren Blicken entschwunden war, machten seine Kameraden ihrer glücklichen Zufriedenheit in einem dröhnenden Gelachter Luft – doch dann wurden sie leiser und waren nicht mehr so glücklich und zufrieden. Denn der alte Zweifel, ob sie mit diesem Betrug weise gehandelt hatten, meldete sich wieder.

Als Ed in New York angelangt war, begab er sich in die Geschäftsräume von Kommodore Vanderbilt. Er wurde in ein großes Vorzimmer geführt, wo viele Leute geduldig warteten, bis sie an die Reihe kommen würden, um zwei Minuten mit dem Millionär in seinem Privatbüro zu sprechen. Ein Diener bat Ed um seine Karte und erhielt statt dessen den Brief. Kurz darauf wurde Ed hereingerufen. Herr Vanderbilt war allein und hielt den – geöffneten – Brief in der Hand.

»Bitte, nehmen Sie Platz, Herr …«

»Jackson.«

»Aha, nehmen Sie Platz, Herr Jackson. Nach den ersten Sätzen scheint es sich um den Brief eines alten Freundes zu handeln. Gestatten Sie, daß ich ihn überfliege. Er schreibt, er schreibt … aber, wer ist es denn eigentlich?« Er drehte das Blatt um und fand die Unterschrift. »Alfred Fairchild, hm … Fairchild … Ich kann mich nicht an den Namen erinnern. Aber das hat nichts zu sagen – mir sind tausend Namen entfallen. Er schreibt, er schreibt … hm … hm … Ach du meine Güte, das ist prächtig! Oh, köstlich! Ich kann mich zwar nicht *genau* erinnern, aber ich *glaube*, es fällt mir gleich wieder ein. Er schreibt, er schreibt … hm … hm … oh ja, das war ein Spaß! Oh, grrroßartig! Wie fühle ich mich zurückversetzt! Es ist zwar alles wie im Nebel, natürlich, es ist ja lange her, und die Namen – *einige* Namen sind verschwommen und unklar, aber ich weiß bestimmt, es war so – ich *fühle* es! Mein Gott, wie mir dabei warm ums Herz wird, wie mir das meine verlorene Jugend zurückbringt! Aber leider, leider, jetzt muß ich zurück in die Arbeitswelt – die Geschäfte drängen, und die Leute warten. Den Rest will ich für heute abend im Bett aufheben und dabei noch einmal meine Jugend durchleben. Und sagen Sie Fairchild, wenn Sie ihn treffen (ich nannte ihn wohl Alf), meinen Dank für seinen Brief, der dem ermüdeten Geist eines vielbeschäftigen Mannes so wohl getan hat; sagen Sie ihm, daß es nichts gibt, was ich nicht für ihn oder einen seiner Freunde tun würde, wenn es in meiner Macht steht. Und Sie, mein Junge, sind mein Gast; Sie dürfen in New York nicht im Hotel wohnen. Bleiben Sie eine kleine Weile dort sitzen, bis ich die Leute abgefertigt habe, dann gehen wir heim. Für *Sie* werde ich sorgen, mein Junge – da machen Sie sich keine Gedanken.«

Ed blieb eine Woche und verlebte eine großartige Zeit – und er merkte nicht, wie das scharfe Auge des Kommodore auf ihm ruhte, und wie er täglich gewogen, gemessen, analysiert, erprobt und geprüft wurde.

Ja, er verlebte eine herrliche Zeit; er schrieb nie nach Hause, sondern sparte sich das alles für den Augenblick auf, da er zurückkehren würde. Zweimal hatte er mit gebührender Bescheidenheit und Zurückhaltung geäußert, daß er nun gehen wolle, aber der Kommodore hatte gesagt: »Nein, warten Sie; überlassen Sie das mir; ich sage Ihnen schon, wann Sie gehen können.«

Zu jener Zeit war der Kommodore mit einigen seiner gewaltigen Konzernbildungen beschäftigt: er wollte aus den verstreuten, nur in Teilstrecken vorhandenen Eisenbahnen zusammenhängende Netze schaffen und wollte den ungesteuert treibenden Handelsverkehr auf leistungsfähige Umschlagplätze konzentrieren. Unter anderem hatte sein vorausschauender Blick bemerkt, daß sich der riesige Tabakhandel, von dem wir schon gesprochen haben, auf Memphis einzuspielen begann, und er war entschlossen, ihn in seine Hand zu bekommen und sich anzueignen.

Die Woche ging zu Ende. Da sagte der Kommodore:

»Jetzt können Sie heimfahren. Aber zunächst wollen wir uns etwas näher über den Tabakhandel unterhalten. Ich kenne Sie jetzt. Ich kenne Ihre Fähigkeiten so gut wie Sie selber – vielleicht sogar noch besser.

Sie verstehen etwas vom Tabakhandel; Sie verstehen, daß ich ihn in die Hand bekommen will, und Sie verstehen auch die Pläne, die ich dazu entwickelt habe. Ich brauche einen Mann, der meine Absichten kennt und fähig ist, mich in Memphis zu vertreten und die oberste Leitung dieses bedeutenden Geschäfts zu übernehmen – und ich ernenne Sie dazu.«

»Mich?«

»Ja. Ihr Gehalt wird hoch sein, selbstverständlich, da Sie ja mich vertreten. Später werden Sie sich noch Erhöhungen verdienen, Sie sollen sie haben. Sie werden einen beträchtlichen Mitarbeiterstab benötigen; wählen Sie ihn selber – aber seien Sie vorsichtig. Nehmen Sie niemanden aus Freundschaft; aber bei gleichen Voraussetzungen nehmen Sie lieber jemanden, den Sie kennen, ziehen Sie Ihren Freund einem Fremden vor.«

Nach einigen weiteren Gesprächen über dieses Thema sagte der Kommodore: »Auf Wiedersehen, mein Junge, und sagen Sie Alf meinen Dank dafür, daß er Sie mir geschickt hat.«

Als Ed in Memphis anlangte, rannte er wie besessen zum Kai hinunter, um seine große Neuigkeit zu berichten und den Jungen vielmals dafür zu danken, daß sie daran gedacht hatten, ihm den Brief für Herrn Vanderbilt mitzugeben. Es war gerade Pause. Glühend heiße Mittagszeit, kein Lebenszeichen am Kai. Doch als Ed sich durch die Frachtstapel schlängelte, gewahrte er auf einem Stoß Getreidesäcke eine Gestalt in weißem Leinenhemd, die unter einer Plane ausgestreckt schlief. Er sagte sich: »Das ist einer von ihnen« und beschleunigte seinen Schritt. Darauf sagte er: »Es ist Charley, es ist Fairchild – prima«, und dann legte er dem Schläfer liebevoll die Hand auf die

Schulter. Der öffnete die Augen, sah auf, erbleichte und schwang sich blitzschnell von den Säcken herab; im Nu war Ed allein, während Fairchild wie der Wind auf das Verladeschiff zurannte!

Ed stand benommen, verblüfft da. War Fairchild durchgedreht? Was konnte das bedeuten? Langsam und nachdenklich ging er auf das Verladeschiff zu. Als er um die Ecke eines Frachtstapels bog, stand er plötzlich vor zwei von den Jungen. Die lachten unbekümmert über etwas Lustiges; sie hörten seine Schritte und blickten gerade auf, als er sie entdeckte; jäh brach ihr Lachen ab, und ehe Ed etwas sagen konnte, waren sie auf und davon und setzten über Fässer und Ballen wie gehetztes Wild. Wiederum war Ed wie vor den Kopf geschlagen. Waren die Jungen alle verrückt geworden? Was konnte nur der Grund für dieses ungewöhnliche Verhalten sein? Und während er so vor sich hin sann, erreichte er das Verladeschiff und ging an Bord – nichts als Stille und Leere. Er überquerte das Deck und bog um die Ecke, um die äußere Schutzplanke entlangzugehen, da hörte er ein flehentliches »O Gott!« und sah, wie eine Gestalt in weißem Leinenhemd über Bord sprang.

Der Bursche tauchte keuchend und würgend wieder auf und schrie:

»Geh weg! Laß mich in Ruhe. *Ich* hab's nicht getan, ich schwöre dir, ich nicht!«

»Nicht getan? *Was* denn?«

»Ihn dir mitgegeben, den …«

»Egal, was du nicht getan hast – komm aus dem Wasser! Weshalb benehmt ihr euch alle so? Was habe *ich* denn getan?«

»Du? Wieso, *du* hast doch überhaupt nichts getan. Aber …«

»Na also, was habt ihr gegen mich? Weshalb behandelt ihr mich alle so?«

»Ich … Äh … hast denn nicht *du* was gegen uns?«

»Natürlich nicht. Was hat euch nur auf diese Idee gebracht?«

»Ehrenwort, du hast nichts gegen *uns*?«

»Ehrenwort.«

»Schwöre es!«

»Ich weiß nicht, was um alles in der Welt du meinst, aber ich schwöre trotzdem.«

»Und du wirst mir die Hand geben?«

»Du lieber Gott mit *Freuden*! Ich komm um, wenn ich nicht endlich irgendeinem die Hand geben kann!«

Der Schwimmer murmelte: »Hol ihn der Teufel, er hat Lunte gerochen und den Brief gar nicht abgegeben! Aber schon gut, ich werde das Thema nicht anschneiden.« Und er kroch tropfend und triefend aus dem Wasser und schüttelte ihm die Hand. Vorsichtig tauchten die übrigen Verschwörer einer nach dem anderen auf, bis an die Zähne bewaffnet, erfaßten die freundschaftliche Situation, wagten sich dann behutsam weiter vor und beteiligten sich am Freudenfest.

Auf Eds ungeduldige Fragen, weshalb sie sich so verhalten hätten, antworteten sie ausweichend und gaben vor, das hätten sie sich als Spaß ausgedacht, um zu sehen, was er machen würde. Es war die beste Erklärung, die sie sich so schnell ausdenken konnten. Und jeder sagte sich: »Er hat den Brief gar nicht abgegeben, und wir hätten *uns* den Streich gespielt, wenn er ihn kennte oder wir dumm genug wären, etwas davon auszuplaudern.«

Darauf wollten sie natürlich alles über die Reise wissen, und er sagte:

»Kommt gleich mit aufs Kesseldeck und bestellt was zu trinken – auf meine Rechnung. Ich werde euch dann alles erzählen. Und heute abend seid ihr wieder meine Gäste – wir werden Austern essen und feiern!«

Als die Getränke gebracht und Zigarren angezündet waren, begann Ed:

»Nun, als ich Herrn Vanderbilt den Brief übergeben hatte ...«

»Großer Gott!«

»Himmel, habt ihr mich erschreckt. Was ist denn?«

»Och-ch, nichts. Nichts – es war ein Nagel in meinem Stuhlkissen«, sagte einer.

»Aber ihr habt es doch *alle* gesagt. Na, ist egal. Als ich den Brief abgegeben hatte ...«

»Hast du ihn wirklich abgegeben?« Und sie sahen einander an wie Leute, die überlegen, ob sie nicht vielleicht träumen.

Dann begannen sie zuzuhören, und als die Erzählung an Tiefe gewann und die Wunder immer größer wurden, waren sie ganz benommen vor Staunen, und die Spannung verschlug ihnen den Atem. Zwei Stunden lang gaben sie kaum einen Laut von sich, sondern saßen wie versteinert da und sogen diesen unsterblichen Abenteuerroman in sich auf. Endlich war die Geschichte zu Ende, und Ed sagte:

»Und alles ist euer Verdienst, Jungs, und ihr sollt mich niemals undankbar sehen – du lieber Himmel, die besten Freunde, die je ein Mann gehabt hat! Ihr werdet alle einen Posten bekommen; ich brauche jeden von euch. Ich *kenne* euch – ich kenne euch von der Rückseite, wie der Spieler sagt. Ihr seid Spaßvögel und was weiß ich noch, aber ihr seid wie Gold mit dem Feingehaltsstempel drauf. Und du, Charley Fairchild, wirst mein erster Mitarbeiter, meine rechte Hand sein, wegen deiner erstklassigen Fähigkeiten, weil du mir den Brief besorgt hast, und zu Ehren deines Vaters, der ihn für mich geschrieben hat, und weil ich so in Herrn Vanderbilts Sinne handle! Und jetzt trinkt kräftig auf das Wohl dieses großen Mannes!«

Ja, wenn der richtige Augenblick kommt, taucht der richtige Mann auf – selbst wenn er tausend Meilen weit weg ist und durch einen Streich entdeckt werden muß.

GIORGIO MANGANELLI

Ein leidenschaftlicher Wartender

Im Laufe der Zeit ist er ein leidenschaftlicher Wartender geworden. Er liebt es zu warten. Selbst äußerst pünktlich, haßt er die Pünktlichen, die ihn mit ihrer manischen Genauigkeit um den unglaublichen Genuß jenes leeren Zeitraums bringen, in dem nichts Menschliches, nichts Vorhersehbares, nichts Aktuelles geschieht, und in dem alles den beglückenden und rätselhaften Duft der Zukunft atmet. Wenn das Stelldichein an einer Straßenecke ist, dann gaukelt er sich mit Vorliebe ein ganzes Märchen möglicher Mißverständnisse vor: er geht von einer Straßenecke zur anderen, kehrt wieder zurück, blickt sich forschend um, überquert die Straße, das Warten gestaltet sich rastlos, kindlich, abenteuerlich. Es gab eine Zeit, da eine zehnminütige Verspätung ihn in blinde Wut versetzte, so als hätte man ihn beleidigt. Jetzt wünscht er sich Verspätungen von fünfzehn, zwanzig Minuten. Es müssen aber echte Verspätungen sein; deshalb nützt es nichts, wenn er zu früh kommt. Zuweilen ist das Warten unbewegt; dann findet er irgendeinen Gegenstand, um sich zu setzen, an den lehnt er sich mit einem Schenkel und baumelt langsam mit dem Bein; dabei betrachtet er die Spitze seines Schuhs, was er in keinem anderen Augenblick des Tages tun könnte. Wenn die Verspätung sich hinzieht, wechselt er das Standbein und erforscht sein Knie; dann nimmt er seinen Hut ab und betrachtet aufmerksam das Futter; er buchstabiert laut Namen und Adresse des Hutmachers; dann plaudert er ein wenig mit sich selbst, so als wäre er sich selbst ein Fremder, den er eben erst kennengelernt hat; er redet über das Wetter, über die Mode, ja sogar über Politik – aber vorsichtig, weil man ja nie weiß, wie ein anderer denkt. Er verabredet sich gern an geschützten Orten, beispielsweise unter Laubengängen, wo er lange auf und ab gehen und jedwede Verspätung auskosten kann – mit der gemächlichen Genüßlichkeit eines Hausherrn, der mitten im Garten auf seine Gäste wartet. Tatsächlich wird er während des Wartens zum Besitzer der Ecke, der Straße, des zum Treffpunkt bestimmten Orts. Dort stellt er sich als Gastgeber auf, und die Verspätung ist das natürliche Gastgeschenk, das er als großzügiger Besitzer den Fremden gewährt, die von weither kommen, während er selbst – immer – zu Hause ist. Wenn das Wetter wind- und wolkenzerzaust ist, dann schlägt er Verabredungen in der Nähe von Kirchen vor. Kommt dann der Regen, so gefällt es ihm ungemein, in der fast immer dunklen und halbleeren Kirche Zuflucht zu suchen und dort die heimliche Barmherzigkeit des Wartens zu üben. Er zählt die Kerzen, nickt dem Heiligen Antonius mit dem Waisenkind im Hemdchen zu und blickt dann unverwandt auf den Altar, entspannten Körpers, ohne Ungeduld, und mit einer geheimen Hoffnung – in jener Andeutung des Wartens, die das Meisterwerk seiner Existenz ist.

GISELA SCHALK

Ein besonderer Tag

Der Geburtstag begann mit einer Katastrophe. Irmela hatte die Augen noch nicht geöffnet, als Hans sie sanft, aber bestimmt am rechten Arm faßte und ein wenig hochzog.

»Du, tut mir leid, aber es ist etwas passiert. Ich sage es dir lieber gleich, ehe andere es tun. Ausgerechnet an deinem Geburtstag.«

Irmela rollte auf den Rücken und versuchte ernsthaft, das rechte Auge aufzuklappen. Der Versuch mißlang, mit dem linken probierte sie es erst gar nicht, ließ ein kräftiges Gähnen hören, zog die Bettdecke bis über die Ohren und rollte sich mit angezogenen Knien wieder zur Seite. Nur eine Handvoll nicht ganz echter blonder Haare zwischen zwei Kissen zeigte an, wo sich ihr Kopf befinden mußte.

Hans stöhnte ebenfalls. Fürchterlich, diese Frau. Längst hatte er die Hoffnung aufgegeben, die Jahre könnten sie verändern. Oder wäre es korrekter zu sagen: Er hatte die Furcht davor verloren? Er liebte sie, liebte sie so, wie sie war. Deshalb hätte er ihr auch gern den Ärger erspart, der sich anbahnte. Weil das aber nicht möglich war, wollte er es schnell hinter sich bringen. Er faßte sie noch einmal an den Schultern, diesmal schon unsanfter, und rüttelte sie hin und her.

»Irmela, ich glaube, du solltest aufstehen und mit mir rausgehen. Mit dem Haus, da ist etwas.«

Irmela kam widerwillig mit dem Kopf unter der Bettdecke hervor.

»Also Hansischatz, ich weiß nicht, was es ist, aber ich habe wirklich keine Lust auf Katastrophen. Laß mich bitte noch etwas schlafen, ja? Du weißt doch, daß es ein besonderer Tag ist. Und den willst du mir jetzt verderben?«

Hans stöhnte wieder einmal. Der Tag war bereits verdorben. Geburtstage nahm seine Frau ernst wie ein Kind. Und gratuliert hatte er auch noch nicht. So etwas nahm sie meistens übel. Also lieber erst gratulieren. Er hastete zu seinem Schreibtisch und holte das Geburtstagsgeschenk hervor: einen Gutschein für eine Woche Sylt im November, zusammen mit ihm.

»Mit der Hoffnung auf heftige Stürme, die wir wie immer gemeinsam überstehen werden«, stand drauf.

Er las ihr den Text so laut vor, daß sie ihn trotz der Bettdecke auf den Ohren verstehen mußte. Prompt kam ihr Kopf ein Stück unter der Decke hervor. Sie gab ihm einen Schmatz auf die Wange.

Hans grinste. Er kannte seine Frau gut. Wehe ihm, er hätte ihr etwas Klassisches wie »Rom im Frühling« oder »Apfelblüte im Alten Land« geschenkt. Irmela hätte sich in eine Nullachtfünfzehn-Schublade gesteckt gefühlt. Aber Novemberstürme an der Nordsee ... das konnte selbst eine Frau wie sie ohne Gesichtsverlust annehmen. Er war stolz auf seine Idee.

Das Beste an seinem Geschenk waren die damit verbundenen zusätzlichen fünf Tage Urlaub, die er seiner Druckerei abringen würde, dachte Irmela und grunzte zufrieden. Länger konnte sie ihr Fußpflegestudio außerhalb der Ferienzeit auch nicht allein lassen.

Sie schlüpfte in ihre Birkenstock – zu Hausschuhen hatte sie sich in ihrem ganzen Leben noch nicht durchringen können – und folgte ihrem Hans hinaus vors Haus, um sich die angekündigte Katastrophe anzuschauen.

Die Schandtat leuchtete ihr schreiend bunt entgegen. Enzianblaue Konturen, dazwischen Flieder, Mint und Lichtblau. Der Täter hatte keine Kosten gescheut. Außer den Fensterscheiben war alles vollgesprüht.

»Die gesamte Hausfront ist voll, und niemand hat etwas bemerkt.«

Irmela sagte es tonlos und sah dabei zu der altmodischen Gaslaterne, die den hellen Maimorgen arglos anstrahlte. Hans war sich nicht sicher, wie der Anblick der Freveltat auf sie gewirkt hatte. Bei ihm hatten die schreiend bunten Farbtöne sofort eine innere Rechenmaschine in Gang gesetzt und ihm gesagt, daß die Sache teuer würde. Ein neuer Anstrich war fällig.

»Die Polizei habe ich verständigt, sie muß gleich da sein.«

»Warum Polizei?« fragte Irmela.

Hans sah sie ratlos an.

»Ja, sollte ich das vielleicht nicht melden? Was meinst du, was das kosten wird?«

»Aber eigentlich ist es doch ganz hübsch, oder etwa nicht?«

Hans blickte seine Frau an, als habe sie ihr gemeinsames, in der letzten Nacht aber leider geschändetetes Haus soeben zum öffentlichen Kunstobjekt erklärt.

Irmela ließ sich nicht beirren.

»Wahrscheinlich bringt es Glück. Schau doch mal, was sie gesprüht haben.«

Erst jetzt sah Hans richtig hin. Es waren lauter riesige Fünfen, die über die Hauswand liefen, fielen, übereinander stolperten. Sie hatten scharfe, dunkle Konturen und ein buntes, flieder-mint-blaues Innenleben.

»Es ist eindeutig ein Glückwunsch zu meinem fünfundfünfzigsten Geburtstag.«

»Ich hatte es immer schon geahnt, daß heute etwas Fürchterliches passiert«, stöhnte Hans.

Irmela wußte schon seit langem, daß es für sie sehr schwierig würde, fünfundfünfzig Jahre alt zu werden. Viel schwieriger als vierzig, fünfzig oder sechzig. Das waren allgemeingültige Marksteine im Leben eines Menschen. Mann oder Frau veranstaltete ein großes Fest und tat so, als sei es wunderschön, sein Lebensalter mit einer neuen Zahl beginnen zu dürfen. Aber die Fünfundfünfzig – für andere höchstens Anlaß zu einem Extraschnaps – war für sie etwas, das ganz eng mit ihrer Person verbunden war.

An einem 5.5. war sie zur Welt gekommen, sie war eines von fünf Kindern gewesen und hatte lange geglaubt, es selber auch auf fünf Kinder bringen zu müssen. Die Zahl Fünf war ihre Glückszahl. Sie war ihr heilig. Ihr zweiter Mann Hans wußte das. Als sie noch mit ihrem ersten zusammenlebte, hatte sie manchmal überlegt, ob nicht erst der fünfte der richtige sein würde ... Hans hatte ein anderes Plus. Er war fünf Jahre jünger als sie. Wären es sechs oder vier Jahre gewesen, wer weiß, damals hätte sie vielleicht Bedenken gehabt. So aber hatte sie keinen Moment gezögert, diesen Altersunterschied für einen Fingerzeig des Himmels zu halten. Die folgenden Jahre hatten ihr recht gegeben.

Und jetzt die Zahl Fünfundfünfzig ... Mehr als einmal hatte Irmela sie schon verflucht. Aber nur sehr leise, damit kein unbekannter Zahlengott es hören konnte.

Für sie hatte seit langem festgestanden, daß sie sich am besten allein darum kümmerte, daß aus diesem Tag mit ihrer doppelten Glückszahl ein ganz besonderer Tag wurde. Niemand außer ihr verstand etwas von der ganz besonderen Zahlensymbolik der doppelten Fünf. Was wußten andere, welche Rolle diese Zahl in ihrer Kindheit gespielt hatte? Wie sie immer wieder fünf Schritte abgezählt und alles so gedeichselt hatte, daß alle wichtigen Wege auch mit einem fünften Schritt endeten. Bei jedem Datum, das sie selbst bestimmen konnte, hatte sie darauf geachtet, daß eine Fünf darin vorkam oder die Zahl durch fünf teilbar war. Auch später noch.

Was die anderen an diesem besonderen Tag machen oder nicht machen würden, war belanglos. Für sie allein war es wichtig, diesem Tag seinen besonderen Akzent zu geben. Je mehr sie darüber nachgedacht hatte, desto banaler erschienen ihr alle Ideen. Desto gefährlicher aber kam es ihr auch vor, diesen Tag zu behandeln, als sei er ein vierundfünfzigster oder sechsundfünfzigster Geburtstag. Irgendwo in den Wolken oder in der Unterwelt thronte eine Instanz, die darüber wachte, daß diese Zahl, die ihr höchst persönlich gewidmet war, von ihr auch angemessen behandelt wurde. Gleichgültigkeit würde Unglück bringen.

Die Untersuchungen der Polizei brachten kein Licht in die Geschichte. Die Befragung der Nachbarn hatte nichts ergeben. Das war auch nicht zu erwarten gewesen, denn das Grundstück lag abseits der übrigen Bebauung. Auch sonst gaben sich die zwei Männer in der grünen Uniform eher düster. Der eine von ihnen fühlte sich sogar persönlich beleidigt. Er galt als Experte für alle Schmierereien in der Umgebung und war in der Lage, mit einem Blick den Urheber der meisten Wandbilder zu ermitteln. Aber diese Handschrift war ihm unbekannt.

»Ein neues Talent«, sagte er. »Von dieser Art werden wir wohl in Zukunft noch mehr sehen.«

»Wieso denn das?« hatte Irmela wissen wollen.

Der Grünberockte war sich seiner Sache sicher.

»Ich kenne mich aus, glauben Sie mir. Das hier hat jemand gesprüht, der Spaß an der Sache hatte. Richtige Leidenschaft schlägt einem entgegen, wenn man ein Gespür dafür hat. Und so einer, der wird süchtig danach. Es sei denn, er findet Leute, die ihm etwas dafür bezahlen. Der hier, der wird wohl bald Sponsoren finden. Sowieso ein Ding, daß diese jungen Leute soviel Geld ausgeben, um anderer Leute Wände bunt zu machen.«

Mit einer Mischung aus Wehmut und Bewunderung hatte er das gesagt, und Irmela hatte das Gefühl, daß er nicht allzuviel unternehmen würde, um den Schuldigen zu finden.

Doch im Moment besann er sich wieder auf seine Pflicht:

»Haben Sie einen Verdacht, wer das gemacht haben könnte? Steht die Zahl Fünf in irgendeiner Beziehung zu Ihrer Familie?«

Hans versuchte dem Beamten zu erklären, was es mit dieser Zahl auf sich hatte.

»Also müßte der Sprüher gewußt haben, daß Sie heute Geburtstag haben? Ja, dann ist es wahrscheinlich jemand aus Ihrem Bekanntenkreis. Vielleicht ein heimlicher Verehrer?«

Irmela lachte belustigt, Hans grinste nervös. Er wußte, daß seine Frau eine sehr jugendliche Ausstrahlung hatte, aber um solche, vor Liebe wortwörtlich sprühenden Elemente auf den Plan zu rufen …?

Dann waren die Beamten wieder in ihren Wagen gestiegen und hatten Hans und Irmela der Neugier und den Beileidsbezeugungen ihrer Mitmenschen überlassen. Irmela ließ alles mit scheinbar stummem Gleichmut über sich ergehen und achtete nur darauf, daß niemand ihre bunten Fingerspitzen sah. Sollte die Polizei doch suchen. Es gab Geheimnisse, die brauchte nicht einmal Hans zu wissen. Die würde sie mit ins Grab nehmen.

KARL CHRISTIAN

Es lohnt nicht mehr

»Warum lohnt es nicht mehr?« fragte Maxl, der auf dem Fußboden hockte und ein Comic las.

»Was lohnt nicht mehr?« fragte die Mutter, die gemeinsam mit dem Vater am Tisch saß, die beide interessiert Prospekte durchsahen.

»Eine Dusche, eine eigene Dusche für den Opa.«

»Sag mal – horchst du, wenn wir reden?«

»Immer wenn ihr von Opa redet, dann sagt ihr: Es lohnt nicht mehr.«

»Also Maxl«, meinte sie lächelnd, »also das stimmt wirklich nicht!«

»Gestern hast du gesagt«, behauptete Maxl, »ein neuer Anzug lohnt nicht mehr.«

»So, hab' ich das«, sagte sie, sah zu Maxl, der wieder in sein Comic-Heft vertieft schien.

»Mami, stirbt der Opa bald?«

»Red nicht so daher.«

»Ist er krank, ich mein', daß er ...«

»Nein ...«

»Aber dann lohnt es doch!«

»Maxl, du verstehst das noch nicht, noch nicht richtig, du bist noch zu klein.«

»Aber im Stall kann ich schon helfen, das hast du gesagt ...«

»Aber mit neun Jahren kann man noch nicht über Probleme entscheiden, weil du jetzt manches noch nicht richtig verstehst – weil du eben noch keine Erfahrung hast.«

»Hat der Opa Erfahrung?« fragte er nach einer Weile.

»Sicher.«

»Warum wohnt er dann jetzt im Dachgeschoß, in einer einzigen Stube?«

»Weil Alt und Jung nicht zusammenpassen.«

»Hat er das gesagt?«

»Nein – aber es ist besser so.«

»Für den Opa?«

»Jetzt hör mir mal genau zu«, schaltete sich der Vater ins Gespräch ein, während er noch ein paar Zahlen auf den Prospektrand schrieb, ihn hochhob, so daß ihn Maxl gut sehen konnte: »Den bestell' ich morgen! Zwanzig PS hat der mehr als der Alte, es ist der gleiche wie ihn der Bachbauer hat.«

»Klasse!« rief Maxl.

»Er gefällt dir, der Neue?«

»Klar!«

»Aber du verstehst schon, wenn man so eine Investition tätigt, daß man da anderswo ein paar Abstriche machen muß?«

»Beim Opa?«

»Nein, nicht beim Opa, so allgemein eben. Aber jetzt hör mir mal zu: Der alte Traktor schafft kaum drei Pflugscharen, der neue schafft fünf, spielend!«

»Freut das den Opa?«

»Er weiß noch nicht, daß wir einen neuen Traktor kaufen.«

»Warum?«

»Weil der Opa jetzt auf dem Altenteil ist …«

»Und deshalb ist er im Dachstock?«

»Und übrigens«, warf die Mutter dazwischen, »er wollte es so.«

»Er ging«, sagte Maxl, »er ging, weil es besser ist, wenn Alt und Jung für sich sind. Und er hat zu mir gesagt, es würde auch so in der Bibel stehen, daß der Sohn die Eltern verläßt, wenn er eine Frau findet.«

»Maxl«, lenkte die Mutter liebevoll ein, »du solltest diese Probleme uns überlassen.«

»Er will doch bloß eine eigene Dusche«, bettelte Maxl, »weil er schlecht die Treppe herunterkommt, wenn ihn sein Ischias plagt.«

»Er bekommt seine Dusche«, sagte der Vater bestimmt, »sobald wir den Dachstock vollends ausbauen.«

»Und wann ist ›sobald‹?«

»Na ja, wenn wir eben können.«

»Und wann können wir?«

»Zuerst müssen wir den neuen Traktor bezahlen, und der kostet ein Vermögen.«

»Mehr als eine Dusche für den Opa?«

»Viel mehr.«

»Ist eigentlich der Traktor wichtiger als der Opa?«

»Nein, natürlich nicht, aber manchmal muß man eben die Entscheidung für den Hof treffen ...«

»Und gegen den Opa ...«

»Hast du deine Hausaufgaben schon gemacht?«

sagte der Vater streng, »du bist ja nicht gerade ein As in der Schule.«

»Ich wollt'«, stöhnte Maxl, »ich wär' so alt wie der Opa.«

»Warum«, fragte die Mutter, schüttelte den Kopf, »warum willst du so alt sein wie der Opa?«

»Dann würde es sich nicht mehr lohnen, das Lernen.«

»Also du hast vielleicht Ansichten«, wies ihn die Mutter zurecht, beugte sich über den Tisch, sah ihrem Mann in die Augen, dann lachten beide verhalten.

»Will eigentlich der Opa den Traktor?« bohrte Maxl weiter.

»Ich hab' ihn nicht gefragt«, sagte der Vater.

»Aber ihm gehört doch der Hof!«

»Nicht mehr, wir haben ihn übernommen.«

»Gekauft oder geschenkt?«

»Geschenkt natürlich.«

»Den ganzen Hof?«

»Ja, sicher.«

»Alle Kühe?«

»Ja.«

»Und alle Schweine?«

»Ja.«

»Und die Katze und den Hund?«

»Sicher«, lachte der Vater, »auch die Katze und den Hund.«

»Und jetzt bekommt er nicht mal eine eigene Dusche?«

»Horch zu, mein Sohn, ich will es dir erklären: Also, bei den Bauern ist das so – jedenfalls wird der Hof immer von den Alten an die Jungen übergeben, zu treuen Händen sozusagen. Das ist eine große Verantwortung, und immer muß man zuerst an den Hof denken, weil das die Pflicht der Jungen ist. Die Jungen müssen das erhalten, was die Alten erschaffen haben, und sie müssen sich natürlich um die Alten sorgen ...«

»Und wer sorgt sich um den Bachbauernopa?«

»Wie kommst du denn darauf?«

»Weil der abgeschoben wird ins Altenheim, sagt mein Opa.«

»Und was sagt er noch«, fragte die Mutter spitz, »was sagt er noch, dein Opa?«

»Daß der Bachbauer kein Glück hat mit seiner Schwiegertochter und daß er nichts mehr wert ist, seit er übergeben hat. Weil sie jetzt keine Zeit mehr hat, um ihn zu pflegen, wenn er mal nicht aus dem Bett kommt – und weil sie nicht mehr will, sagt mein Opa.«

»Und sonst«, bohrte die Mutter weiter, »sonst hat er nichts gesagt?«

»Dooch, daß er sehr zufrieden ist mit seiner Schwiegertochter und daß er dafür dankbar ist. Und daß er jeden Tag für uns alle Gott dankt.«

»Das hat er gesagt, wirklich?«

»Ja.«

»Mit dir redet er wohl über alles?«

»Klar, ich hab' meinen Opa auch sehr lieb«, sagte Maxl leise.

»Wir genauso«, entgegnete der Vater, »deshalb wollen wir auch erhalten, was die Alten erschaffen haben.«

»Hat der Opa den Hof erschaffen?«

»Erschaffen nicht, er hat ihn übernommen, so wie wir von ihm, und so geht das weiter, von einer Generation zur andern.«

»Immer weiter«, fragte Maxl lauernd, sah seinem Vater in die Augen.

»Ja, so ist es«, lächelte der Vater, »genau so.« Und weil er bemerkte, daß es bei seinem Sohn schaffte, ganz oben, fügte er erklärend hinzu: »Als der Opa von seinen Eltern übernommen hat, da gingen seine Eltern aufs Altenteil, so wie er jetzt aufs Altenteil ging. Und wenn du ein Bauer wirst, dann gehört dir einmal der Hof ...«

»Und ihr geht dann aufs Altenteil?« fragte Maxl ungläubig, stützte dann mit beiden Händen seinen Kopf, sah zuerst seine Mutter an, dann lange seinen Vater.

»So ist es«, sagte der Vater, um das Thema abzuschließen. Dann sah er zu seiner Frau, die nachdenklich den Maxl beobachtete, die kaum merklich den Kopf schüttelte.

Maxl beugte sich wieder über sein Comic, die Eltern sahen sich an, dann wieder auf die Prospekte.

»Wann geht ihr?« fragte Maxl unvermittelt.

»Wohin?« wollte der Vater wissen, der wieder in den Prospekt vertieft war.

»Aufs Altenteil?«

Der Vater sah erstaunt seinen Sohn an, er lachte dann ein bißchen, ein bißchen verunsichert, sagte nur: »Wir werden es dir rechtzeitig sagen.«

»Aber ihr geht«, hakte Maxl nach, »ihr geht ganz bestimmt?«

»Ja ...«

»Ehrenwort?«

»Sicher.«

»In den Dachstock – in das ausgebaute Zimmer ohne Dusche?«

Für einen Augenblick trafen sich die Augen der Eltern. Zuerst wollten sie lachen, aber dann schwiegen sie bedrückt. Der Vater biß sich auf die Lippen, sah zu Maxl, wollte etwas sagen, er fand die Worte nicht, die er suchte. Er zweifelte an seiner Entscheidung, den Traktor gerade jetzt zu kaufen. War der wirklich wichtiger als die Dusche? Handelte er viel anders als der Bachbauer, der zuerst von seinem Vater den Hof übernahm und jetzt den alten Mann ins Altenheim abschieben wollte? Und weiter dachte er: Wie kann ich bloß so was machen und gleichzeitig unserem Maxl immer wieder beibringen: »Ehret Vater und Mutter«? Der Junge sieht und erlebt doch etwas ganz anderes. Ich bin kein Vorbild, und meine Worte sind ohne Vorbild fehl am Platze.

Die Mutter legte alle Prospekte sauber aufeinander, schob sie dann ein Stückchen von sich weg, sagte leise: »Ich glaube, das mit dem Traktor sollten wir uns noch einmal überlegen.«

Dann stand sie auf, ging zu Maxl, setzte sich zu ihm auf den Boden, legte ihre Hand unter sein Kinn, sah ihm in die Augen, versuchte ein fröhliches Lächeln, das ihr aber nicht gelang, sagte dann: »Aber eine Dusche, die würdest du uns schon einbauen lassen?«

»Klar«, sagte Maxl verschmitzt, »außer ich bräucht' gerade einen neuen Traktor.«

GUIDO J. KOLB

Ein guter Vortrag

Ein Bibelabend war angesagt. Wie immer trafen die treuen Zuhörerinnen und vereinzelt gar einzelne Zuhörer im Pfarrsaal ein. Sie legten ihre Heiligen Schriften zurecht – dickbändige Exemplare und Dünndruckausgaben, reichillustrierte Editionen und Werke in heutiger Sprache. Alle harrten der einführenden Worte, die da kommen sollten. Als Referent gab ich mir redlich Mühe, meine interessierte Gemeinde – die irgendwie den »kleinen Rest« der großen Pfarrei repräsentierte – in die hohen und manchmal schwierigen Gedanken des Völkerapostels Paulus einzuführen.

Still ergeben ließen sich meine »Bibelforscher« die weitgespannte Theologie des Römerbriefes erläutern. Plötzlich kam aus der zweiten Reihe ein »bejahendes Einverständnis«. Unsere liebe Frau Clarissa neigte ihr Haupt immer tiefer, zuckte plötzlich zusammen, reckte sich wieder gradauf und begann von neuem tief einzusinken. Mit mühsam offengehaltenen Augen versuchte sie der Bibelwelt entgegenzuschauen. Doch der Kampf war vergebens. Das Nickerchen war siegreich. Meine Paulustheologie ging unter. Auf einmal tönte – zwar noch ganz leise – ein unmißverständliches »ch... ch... ch...«. Meine Bibelgemeinde zuckte zusammen, schaute sich um und entdeckte den Ursprung der ungewohnten Begleitmusik zu meinen Pauluslehren. Ein verstohlenes, leises und ganz und gar verständnisvolles Schmunzeln ging durch die Bankreihen. Ich legte leise meinen Zeigefinger auf meine Lippen und deutete an, dass ich meine

Vortragslautstärke etwas eindämmen müsse, um den seligen Schlummer unserer lieben Andächtigen nicht zu stören. Wir alle waren überzeugt, dass der heilige Paulus im Himmel nicht böse war, dass sein Römerbrief in den Abendstunden ein kleines Schläfchen zuließ. Oder ob der Völkerapostel dem heiligen Petrus zuflüsterte, dass der Referent des heutigen Abends nicht gerade einen »Erweckungsvortrag« hielt?

Am Schluss des Abends verabschiedeten wir uns unter der Saaltüre. Frau Clarissa drückte mir herzlich die Hand und sagte mit strahlendem Lächeln: »Das war halt wieder einmal ein guter Vortrag. Es ist doch wunderbar, was der heilige Paulus den Römern für schöne und herrliche Gedanken geschrieben hat ...« Ich dankte für das liebe Kompliment. Sicher hat sich auch der heilige Paulus darüber gefreut.

DIALIKA NEUFELD

Die Ehefrau

Wie mich ein Handwerker schnell mal zum Heimchen am Herd machte

Letztens war ich für einen Nachmittag in den Fünfzigerjahren. Der Zeitsprung kam unvermittelt, ich stand im Hausflur auf unserem eingestaubten Fußboden, Möbel in Schutzfolie, neben mir der Chef einer Sanierungsfirma, die ich beauftragt hatte. Wir hatten einen Feuchtigkeitsschaden.

Nachdem ich Angebote eingeholt, das Internet durchsiebt, eine Firma ausgewählt hatte, alles ohne meinen Mann, hatten zwei Tage lang Arbeiter Putz von unseren Wänden gekloppt, Ziegel verpresst, Schlämme aufgetragen. Ich weiß das so genau, weil ich ständig nachgefragt habe. Ich wollte wissen, wie die feuchtigkeitsregulierenden Eigenschaften von Sanierputz sind. Wie dick Silikatfarbe aufgetragen werden muss.

Wahrscheinlich bin ich den Männern auf die Nerven gegangen. Aber ich halte mich für einigermaßen haushaltsemanzipiert, ich kann Bohrmaschinen betätigen, schleifen, wenn es sein muss, ich wollte nicht, dass mir jemand etwas vormachen kann. Es lief gut, ich wurde ernst genommen, dachte ich. Dann kam mein Ehemann durch die Tür.

Der Chef der Firma schien erleichtert, so, als habe er schon seit zwei Tagen darauf gewartet, dass endlich ein Mann durch die Tür tritt. Er sah an mir vorbei zu meinem Mann, Klemmbrett in der Hand für das Übergabeprotokoll. Er schrieb den vollen Namen meines Mannes auf, zeigte dann beiläufig mit dem Ende seines Kugelschreibers auf mich und sagte: »Anwesend außerdem: die Ehefrau.« Er schrieb das

Wort Ehefrau auf seinen Zettel und wiederholte es noch einmal.

Plötzlich war ich also nicht mehr die Auftraggeberin, ich war nur noch »die Ehefrau« im Raum. Es fühlte sich an, als hätte er mir einen Petticoat übergestülpt und eine Außenwelle verpasst, als hätte ich plötzlich ein Tablett mit Cocktailhäppchen in der Hand, gefüllte Eier und was man seinen Gästen sonst noch so gereicht haben mag, in der Zeit als Alice Schwarzer noch ein Wuppertaler Mädchen war. Ich verdiente nicht einmal einen Namen auf seinem Zettel.

Die Fünfziger- und Sechzigerjahre kenne ich nur aus Erzählungen meiner Großmutter, aus Büchern, den Lucky-Strike-verrauchten Büros der »Mad Men« auf DVD. Aber so in etwa stelle ich sie mir vereinfacht vor: Frau gleich Hausfrau, Mann gleich Chef, Frau schweigt, Mann unterschreibt. So war es zumindest bei meiner Oma. Sie hatte eine Hauswirtschaftsschule besucht und nie einen Beruf gelernt, das hat sie ein Leben lang geärgert. Sie hatte Schürzen getragen und gefüllte Eier gemacht für die Geschäftspartner ihres Mannes. Aus irgendeinem Grund erinnerte ich mich jetzt an sie.

Meine Reaktion war traurig. Ich grinste, ich schwieg, das war's. Ich hatte mehr von mir erwartet. Ich war empört, auch darüber, dass mir die Worte fehlten. Der Handwerkerchef hatte mich zur kleinen Ehefrau gemacht.

Als der Putz langsam trocknete und ich die letzten Folien von den Möbeln riss, fielen mir noch mehr »Ehefrauen«-Sprüche aus dieser Zusammenarbeit ein. Zum Beispiel, als es darum ging, ob ich Geld mit der Karte meines Mannes holen könne, sagte der Chef: »Na, das ist doch immer schön, das Geld des Mannes auszugeben.« Oder das Vorgespräch am Telefon: als ich mir lang und breit alle Sanierungsverfahren habe erklären lassen und er am Ende des Gesprächs sagte: »Ihr Mann kann mich aber auch gern selber noch mal anrufen.«

Klar, Handwerker und Bauarbeiter sind nicht unbedingt als Speerspitze des Feminismus bekannt, und ich weiß, der Mann hat es nicht böse gemeint, ich fand ihn sogar nett. Seine ignorante Herablassung ist ihm vermutlich nicht einmal aufgefallen. Lohnt es sich, so jemandem zu erklären, dass ich tatsächlich ein eigenes Bankkonto besitze und die Nachteile hygroskopischer Feuchte im Mauerwerk auch mit einem Frauengehirn erfassen kann? Lohnt es sich, so jemanden zu belehren?

Darüber habe ich mit meiner Mutter und mit meinen Freundinnen gesprochen, sie sind auch öfter in den Fünfzigerjahren, wir treffen uns im Heute und erzählen uns manchmal davon. Im Baumarkt trugen sie einen Petticoat, beim Autoschrauber, im Elektrohandel. »Kommen Sie doch am Wochenende lieber noch mal mit Ihrem Mann wieder«, solche Sachen. Empört sind alle. Gesagt hat es am Ende keine.

Das ist das Erstaunliche, dass keine etwas sagt. Wahrscheinlich liegt es daran, dass wir in einer Emanzipationsblase leben. Wir heiraten, arbeiten trotzdem, die Väter nehmen Elternzeit, alle waschen ab, alle können Autoreifen wechseln, alle tragen Schürzen, wenn es nötig ist. Auf dem Weg zur Arbeit sehe ich ein halbes Dutzend Männer mit Babys vor dem Bauch, manchmal gehen sie in Rudeln spazieren. Das ist Alltag für mich. Alltagssexismus nicht. Und wenn er dann doch mal wieder da ist, ist die Überraschung so groß, dass die richtigen Worte fehlen.

Ich habe jetzt angefangen, in feministischen Blogs zu lesen, ich bereite mich für den nächsten Zeitsprung vor. Es soll bei mir keine gefüllten Eier mehr geben.

A. L. SNIJDERS

Bennie

In der Nähe von St. Andéol, einem kleinen Dorf mit zwanzig Einwohnern im Südosten von Frankreich, liegt ein kleines, paradiesisches Tal. So muss die Welt gewesen sein zu Zeiten der Genesis. Schon dass es fernab aller touristischen Routen liegt (dass ich selbst ein Tourist bin, vergesse ich leichthin, in meiner Phantasie komme ich selbst nie vor), aber doch irgendwie meisterlich geformt ist durch die, die dort leben. Ein kleiner, introvertierter Bach, durch den man murmelnd gehen und darüber hinweg laufen kann. Eine einzelne Weide (*un parc*) für ein einzelnes Pferd oder eine kleine Herde Ziegen.

Das ist die Welt des Herrn Achard. Er wohnt hier schon seit fünfundachtzig Jahren, zusammen mit Frau Achard. Er ist Bauer, hat nie einen Traktor besessen oder ein Auto, wohl aber ein Gewehr und eine Menge Kinder. Die haben die Gegend schon seit langem verlassen und sind jetzt Apotheker in Nizza, Vertreter in Menton, LKW-Fahrer in Gap. Kann man sich gut vorstellen, sie haben das elterliche Haus verlassen und kehren nicht zurück. Die Gegend ist arm.

Vor fünf Jahren kam ich zum ersten Mal durch dieses kleine Tal, zusammen mit W. Es gibt keinen Weg, nicht einmal einen Pfad, wir folgten dem Bach und sprachen über Atomkraftwerke, aber wir hätten auch über die Gedichte von P. C. Hooft reden können (ein Lieblingsthema von W.). Man kann über alles reden, das ist so hübsch vom menschlichen Geist und dem menschlichen Mund eingerichtet, sie bilden eine Kombination, die über alles sprechen kann. Etwa nach einer Stunde kamen wir zu einem kleinen Damm. »Den hat Achard gemacht«, sagte W. »Den ganzen Sommer hat er dafür gebraucht.« Der Herr Achard, achtzigjährig, arbeitet in paradiesischer Einsamkeit an einem kleinen Damm über einen namenlosen Bach, Handarbeit. »Warum?« frage ich. »Im Frühjahr hat er drei Eichen auf der anderen Seite umgefällt. Danach hat er den Damm gebaut. Im Herbst ist er mit Pferd und Wagen gekommen und hat das Holz nach Hause transportiert. Wärme für die Wintertage.« Der Herr Achard und ich wohnen beide in Europa, im zwanzigsten Jahrhundert nach Christus, mit etwas gutem Willen können wir einander sogar verstehen, aber wenn er »Zeit« sagen würde, würde in seinem Kopf etwas ganz anderes passieren als in meinem. Ich hole in zwanzig Minuten zehn Säcke Kohlen für meinen Ofen und schaue dann den ganzen Winter gedankenlos Fernsehen.

Vor vier Jahren rief mich jemand an, der seinen großen Hund loswerden wollte. Ob ich ihn nicht nehmen könne, ich wohne doch so frei und abgelegen, für einen großen Hund ideal. Ich wollte nicht, weil ich schon zwei Hunde hatte. »Das ist schade«, sagte er, »dann muss er sterben, ich habe schon einen Termin beim Tierarzt.« – »Also dann bring ihn her«, sagte ich. So kam Bennie ins Haus, eine furchterregende Mischung aus einem Bouvier und einer dänischen Dogge, zehn Jahre alt. Sahen ihn Menschen, erschraken sie, hörten sie sein Gebell, erschraken sie noch mehr, aber ich wusste, dass das völlig überflüssig war, weil Bennie ein Schaf im Wolfspelz war. Remco Campert hat einmal gesagt, dass jemand, der einen Hund hat, der ihm übers Knie reicht, nichts taugt, und prinzipiell teile ich diese Meinung, aber ich finde, dass er für Bennie und mich eine Ausnahme machen muss.

Vor ein paar Monaten fing Bennie an, beim Laufen Schwierigkeiten zu haben. Erst tat ich, als ob ich es nicht sähe, aber er blieb immer öfter zurück, sodass ich meinen Vogelstraußkopf aus dem Sand ziehen musste. Am Morgen schlang ich ein Handtuch um sein Hinterteil, und dann machten wir einen Spaziergang von hundert Metern. Der Tod ist da, um negiert zu werden, und ich bildete mir ein, dass wir auf diese gebrechliche Weise beide achtzig werden könnten. Ich telefonierte aber doch mit dem Tierarzt. Der sagte zum Glück, dass Bennie noch solch muntere Augen hätte und dass wir es mit Medikamenten probieren sollten. Also steckte ich dreimal am Tag zwei Pillen in ein Stück Wurst, und das genoss er. Und es ging ein Weilchen besser. Wir machten sogar wieder einmal einen kleinen Spaziergang ohne Handtuch. In den letzten Wochen jedoch hörte ich ihn weinen in der Nacht, aber weil man den Tod negieren muss, dachte ich, dass es der Wind war oder eine träge Tür, die ich irgendwo vergessen hatte zu schließen.

Und dann kommt W. für eine Nacht zu Besuch. Erst wandern wir zwei Stunden durch den Wald und danach dinieren wir bis Mitternacht. Wir sprechen wieder über alles, was uns vor die Füße kommt (wirklich, er rezitiert unvorbereitet einige Gedichte von P. C. Hooft), und er ist streng und unerbittlich gegenüber Bennie. Er sagt: »Wenn Achard einen alten und kranken Hund hat, und *sie wissen, dass seine Zeit gekommen ist,* dann geht er an einem Morgen mit seinem Hund auf die Felder, Gewehr und Schaufel über der Schulter.« Ich frage: »Was meinst du mit: *sie wissen, dass seine Zeit gekommen ist?*« Er sagt: »Achard und der Hund wissen es beide, es gibt kein Entrinnen, es ist Zeit.«

Sobald W. weg ist, telefoniere ich mit dem Tierarzt. Bennie liegt in der Wiese im hohen Gras, im Schatten der Bäume. Er sieht uns kommen. Während ich ihn streichle und vor mich hinmurmle, *dass alles in Ordnung ist,* bekommt er ein Schlafmittel injiziert. Danach wird an der Vorderpfote ein Stückchen kahlgeschnitten und die Pfote mit einem Gummiband abgebunden. Eine Ader wird sichtbar, und da hinein wird der Tod gespritzt. So leicht und unmerklich, dass ich, während ich seinen Körper in Händen halte, den Übergang nicht wahrnehmen kann. Ich muss zum Tierarzt schauen. Er nickt.

Wir heben ihn in die Schubkarre und bringen ihn zu der Stelle, wo ich das Grab graben werde. Das hätte ich natürlich schon vorbereiten sollen, aber aus diesem Bericht wird deutlich geworden sein, dass für mich so etwas unmöglich ist. Dem Tod darf man nicht vorgreifen, den Tod muss man bis zum letzten Moment negieren.

Als er unter der Erde ist, sage ich nichts, weine auch nicht, es ist der Wind oder eine Tür, die ich zu schließen vergessen habe.

PAULA FOX

Franchot Tone bei der Paramount

Franchot Tone starb im September 1968. 1935, mit zwölf Jahren, sah ich den Schauspieler in der ersten Verfilmung von *Meuterei auf der Bounty*. Ich saß in einem dunklen Lichtspielhaus, die Knie gegen den unbesetzten Sitz vor mir gepresst. Tone spielte einen der Offiziere, die gegen den grausamen Captain Bligh (Charles Laughton) aufbegehrten, ihn in einem kleinen Rettungsboot aussetzten und auf dem offenen Meer zurückließen.

Die Mannschaft und die Offiziere kehrten nach Tahiti zurück. Es war großes Kino. Das mächtige Schiff stampfte durch die Wellen, die Masten knarrten, die Segel bauschten sich, und durch die Gischt schrien sich die Matrosen über das Deck Satzfetzen zu. Dann waren sie auf Tahiti, und Franchot Tone, einen Kranz großblättriger weißer Blüten um den Hals, stand im Sarong mit einer hübschen jungen Tahitianerin zusammen. Ein anderer stattlicher Bursche war der Star des Films, Clark Gable, ein breitschultriger Mann, dessen schauspielerische Fähigkeiten mir sehr beschränkt erschienen. Ich schenkte ihm keine Beachtung.

Ich rutschte mit den Knien von der Rücklehne des Sessels vor mir zu Boden. Ich beugte mich vor, hingerissen von Tone, seinen feinen Gesichtszügen, seinem schmallippigen Mund, der Ironie, die mir in seinem entrückten Lächeln zu liegen schien und die mir versicherte: »Ich bin dieser ganzen Schauspielerei ja so überlegen ...«, und vor allem von dem, was ich für sein Wesen hielt, schwärmerisch und vergeistigt.

Die Leinwandliebe hatte mich gewaltig erwischt. Später, 1939, in meinen Frühlingsferien vom Internat in Montreal, sah ich Tone in einer Inszenierung des *Group Theatre* von *The Gentle People.*

Mein Vater, der damals als Drehbuchautor arbeitete, kannte den Geschäftsführer des *Group Theatre* Walter Fried, den er »Cousin Wally« nannte. Fried sorgte dafür, dass ich das Stück sehen konnte. Er rauchte Zigarren, trug einen dunklen Filzhut und die obersten Knöpfe seines Hemdes offen.

An dem Abend, als ich ins Theater ging, erzählte mir Cousin Wally durch das Gitterfenster des Kassenschalters, dass er nach der Vorstellung in einer kleinen schmuddeligen Kneipe gegenüber dem Theater mit dem Ensemble verabredet war. Ob ich Lust hätte mitzukommen?

Nach dem letzten Vorhang ging ich in die Kneipe, unsicher, aber voller Vorfreude. Doch Tone tauchte nicht auf, obwohl die übrigen Mitspieler alle da waren. Ich war über seine Abwesenheit zugleich erleichtert und unendlich enttäuscht.

Ich hatte mir für den Anlass ein Kleid gekauft. »Gekauft« ist allerdings kaum das richtige Wort. Damals konnte man Kleider am nächsten Tag ins Geschäft zurückbringen, wenn man behauptete, sie seien zu eng, zu weit, oder zu wer weiß was. »Geborgt« wäre richtiger.

Als ich vor dem ersten Akt durch den Gang zu meinem freien Platz ging, meinte ich zu spüren, wie mich die Leute anstarrten. Später in der Damentoilette sah ich, dass ich vergessen hatte, das Preisschild zu entfernen, das hinten am Kleid hing. Die Leute mussten das weiße Pappdreieck bemerkt haben, auf das mit großen schwarzen Lettern Größe und Preis gedruckt waren. Für meine Gefühle an jenem Abend genierte ich mich nicht; sie erfüllten mich ganz, und ich war mir ihrer kaum bewusst. Aber das Preisschild war mir peinlich. Am nächsten Morgen brachte ich das Kleid zurück.

Ein paar Tage später kaufte ich ein Buch des englischen Autors Logan Pearsall Smith, *Trivia*, und schickte es über Cousin Wally mit einem beigelegten Brief an Tone. Wenn ich jetzt daran zurückdenke, habe ich den Eindruck, dass Fried sich über die ganze Angelegenheit köstlich amüsierte.

An den Inhalt meines Briefes kann ich mich kaum erinnern. Vermutlich war ich bemüht, mich von seinen anderen Bewunderern abzusetzen und das Buch aus Gründen zu loben, die meine Feinfühligkeit und meinen Verstand in ein gutes Licht rückten. Cousin Wally erzählte mir später, dass Franchot das Ensemble zusammengerufen und meinen Brief laut vorgelesen hatte.

Aber er beantwortete ihn. Mein Herz hüpfte vor Freude, als ich den Umschlag erblickte. Seine Antwort war herzlich, vertraulich, fand ich. Aber ich war ein wenig unglücklich, weil ich auch einen distanzierenden, ironischen Ton herauszulesen meinte. Doch was hatte ich erwartet? Alles, vermutlich.

Ich bewahrte seine Antwort in einem Aktenschrank im Keller des Brownstone-Hauses auf, in dem ich heute noch wohne. Vor etwa zehn Jahren platzte eines Morgens in der Nähe ein Wasserrohr. Der Keller lief voll, und die Feuerwehr brauchte Stunden, um das fast zwei Meter hoch stehende Wasser abzupumpen. Tones Brief und andere Briefwechsel sowie einige Buchverträge mussten daran glauben.

Mit sechzehn wohnte ich bei einer ältlichen Alkoholikerin, einer Freundin meiner Stiefmutter, die mich mit ihr nach Kalifornien geschickt hatte.

An einem regnerischen Nachmittag in Hollywood, wo wir wohnten, fuhr ich zu einer Drogerie, um ein Medikament für sie zu besorgen. Als ich wieder dahin zurückeilte, wo ich geparkt hatte, und auf Zehenspitzen den tieferen Pfützen auswich, fragte eine Stimme aus einem parkenden Wagen: »Wo sind Ihre Ballettschuhe?«

Es war Franchot Tone. Mein Herz raste, als ich ihm zulächelte, aber ich eilte weiter zu meinem Auto durch den Regen, der plötzlich stärker geworden war.

Ein paar Jahre später, wieder in New York, ging ich ins *Paramount Theatre* am Broadway, um einen seiner Filme zu sehen, ich glaube, er hieß *Fünf Gräber bis Kairo*. Auf dem Bürgersteig drängten sich halbwüchsige Mädchen, aufgeregt, manche weinend, manche lachend, und traten hin und wieder aus der Schlange, um auf der Straße ein paar Tanzschritte zu machen. Damals gab es in manchen Kinos auch eine

Bühnenshow. Die Mädchen waren alle gekommen, um Frank Sinatra zu sehen und zu hören, einen Sänger. Der Name sagte mir nichts.

Ich fand einen Platz im zweiten Rang in der Nähe von drei Matrosen, die sich lauthals über die heulenden und kreischenden Teenager im Zuschauerraum unter uns amüsierten.

Ein magerer junger Mann trat auf die Bühne, während hinter ihm der Vorhang vor dem Orchester aufging. Er sang und hielt sich dabei, wie ich fand, verzweifelt am Mikrofon fest, als sollte es ihn davor retten, zwischen seinen Verehrerinnen zu ertrinken. Was war es, das sie so durchdrehen ließ? Franchot Tone war immerhin ein richtiger Schauspieler …

Das letzte Mal sah ich Tone in einem kleinen Geschäft in Manhattan. Der Optiker, der es besaß, war ein alter Freund von mir, und ich war in der Mittagspause da, um mit ihm zusammen Sandwiches aus einer braunen Papiertüte zu essen. Wir saßen hinten in dem schmalen Geschäft und aßen, als Tone, mit einer Baskenmütze auf dem Kopf, die Tür aufmachte und den Kopf hereinstreckte.

Als ich ihn erkannte, obwohl er wie ich viel älter geworden war – blieb mir einen Moment die Luft weg. Er lächelte mir zu, und es war ein so wunderbares Lächeln! Der ganze Charme, den er einst für mich gehabt hatte, lag darin. Dann fragte er Lou, meinen

Freund, wann seine Brille fertig sei. Der Optiker antwortete ihm, aber ich konnte nichts verstehen. Was ich in dem Moment empfand, dafür gab es keine Worte. Mein Gehör kehrte gerade rechtzeitig wieder zurück, um Tones Dank an Lou und seinen Abschiedsgruß zu vernehmen.

Als ich ihn Jahre zuvor zum ersten Mal gesehen hatte, war ich darüber erstaunt gewesen, was für Emotionen seine Leinwandpräsenz in mir weckte. Ich hatte ihn viele Jahre geliebt – in der Fantasie, wo die meisten Emotionen ihren Anfang nehmen.

Dieses intensive Gefühl hatte mich in gewisser Weise auf die Liebe selbst vorbereitet, auf ihre Widrigkeiten, ihre Niederlagen, ihre Schönheit.

RAFIK SCHAMI

Der letzte Zettel

Gertrud, meine alte Nachbarin in Heidelberg, hatte mir die Kiste auf dem Sterbebett vererbt. Sie war lange mit einem indischen Zauberer verheiratet gewesen.

Als dieser sich eines Tages vor den Augen seines Publikums in einen Affen verwandelt hatte, tobten die Zuschauer. Es war mitten auf der Straße unter dem staubigen Himmel von Kalkutta – ohne doppelten Boden und schwarze Vorhänge. Ein Busfahrer, der die Verwandlung miterlebte, fuhr mit seinem Bus gegen eine große Laterne, zwölf Taxis verkeilten sich hoffnungslos ineinander.

Der Affe erschrak und der Zauberer im Affen vergaß die Rückkehrformel. Abends hüpfte er fast erschöpft vor Müdigkeit durch das Fenster der Küche. Gertrud sah ihm in die Augen und wusste, wer er war. Sie weinte dreißig Nächte, doch als alle Mittel nicht halfen, verschwand der Affe, der ihre Trauer nicht mehr ertragen konnte. Er hinterließ ihr diese Kiste.

Jedenfalls kehrte Gertrud nach dreißig Jahren mit exotischem Schmuck, bunten Tüchern und Kleidern und ebendieser Kiste zurück.

Die Kiste war nicht größer als ein Schuhkarton und sah seltsam aus. Ihre rote Farbe war längst verblichen und an mehreren Stellen abgeblättert. Auch Reste einer exotischen Schrift konnte man noch erkennen.

Als ich sie eines Tages fragte, was in der Kiste sei, sagte sie: »Mein Fernrohr in die Zukunft.« Sie sagte das so gelassen, als wäre dieses merkwürdige Rohr Thymian oder Zimt. Ich unterdrückte ein Lachen. Die Nachbarn lachten oft über die schrullige alte Dame, aber ich liebte sie und wusste, dass sie sehr verletzlich war.

»Und kann ich mal reinschauen«, fragte ich.

»Selbstverständlich«, antwortete sie.

Ich öffnete die Kiste. Sie war voller Zettel. Ich nahm einen heraus. Oben rechts in der Ecke stand mein Name und darunter war geschrieben, was mir in den nächsten Wochen und Monaten passieren sollte. Während ich las, fragte ich mich, ob das ein Trick war. Sie hat wahrscheinlich meine neugierigen Blicke bemerkt und die Zettel vorbereitet, dachte ich. Von einem Autounfall war die Rede und von einem Stipendium und einer unglücklichen Trennung. Die Prophezeiungen erinnerten mich an das harmlose Kaffeesatzlesen der Frauen in meiner Damaszener Gasse. Ich lachte. Gertrud verzog das Gesicht. Ihr Blick brannte auf meiner Haut. »Erst wenn alles eingetroffen ist, darfst du mich wieder besuchen«, sagte sie und schickte mich weg.

Ich musste mich bald entschuldigen. Den Autounfall hatte ich überlebt, das Stipendium bekommen und eine Liebe, die für die Ewigkeit gedacht war, hatte eine kurze Halbwertszeit.

Und wie gesagt schenkte Gertrud mir die Kiste, kurz bevor sie starb. Ich wurde bald süchtig und las im Voraus, was mir passieren würde. So war ich immer ein bisschen besser vorbereitet als die anderen, die von ihrem Schicksal keine Ahnung hatten. Verändern oder gar umkehren konnte ich die Ereignisse allerdings nicht.

Aber bald wurde mir das Leben langweilig. Jedwede Spannung ging verloren. Ich versteckte die Kiste auf dem Dachboden und wollte sie nie wieder öffnen. Und plötzlich war das Leben wieder interessant, voller Überraschungen, Glücksmomente und Fallgruben.

Als ich im Jahre 2003 eine furchtbare Diagnose erhielt, Leukämie, konnte ich nicht schlafen und fühlte mich wieder einmal zur Kiste hingezogen. Wie hypnotisiert suchte ich das »Fernrohr in die Zukunft« auf dem Dachboden. Mit zitternden Fingern öffnete ich den Deckel. Ich musste vor Freude weinen. Falsche Diagnose, einmaliger Urlaub, Roman abgeschlossen, Erfolg und positive Zukunftsperspektiven, las ich. Ich schloss die Kiste und suchte den Arzt auf. Wortreich entschuldigte er sich für den Irrtum. Ich genoss den Urlaub und beendete den schwierigen Roman, der allen Unkenrufen zum Trotz – mit tausend Seiten zu sperrig und bisweilen zu hart – ein Riesenerfolg wurde. Die Kiste und ich hatten das im Voraus gewusst.

Doch danach legte ich sie dankbar in eine Ecke auf dem Dachboden und flüsterte ihr fast hämisch zu: »Bis zur nächsten Diagnose!«

Das Leben draußen mit seinen Unsicherheiten reizte mich. »Sicher werde ich erst sein, wenn ich selbst in einer Kiste liege, und dafür ist es noch zu früh.«

Für etliche Jahre vergaß ich die Kiste, aber vor Kurzem räumte ich den Dachboden auf, und da lag sie in der Ecke, verblichen rot. Aus Neugier machte ich sie auf. Ein einziger Zettel lag darin, auf dem in hastiger Schrift geschrieben stand: Hoffnung.

Seitdem rätsele ich, was damit gemeint ist.

WERNER KOCH

Mensch und Kamel

In der Wüste von Wadi Rum … Irgendein quälender Traum riß mich aus dem Schlaf; ich stand auf, faltete die Decke zusammen und trat vors Zelt; mich fror. Die Nacht tat sich schwer, dem beginnenden Tag zu weichen, sie verkroch sich nur widerwillig in den Wüstensand, aber hinter den roten Sandsteinfelsen breitete sich ein fahles, gelbweißliches Licht rasch aus und kündigte die aufgehende Sonne an. Die Zelte der Beduinen sahen in der Morgendämmerung aus wie kegelförmig zugespitzte Sandhügel; kein Windhauch tastete sie an. Einige der Kamele waren aufgewacht, mahlten mit den Zähnen, blähten in regelmäßigen Abständen ihre seidigen Nüstern auf, und ihr hochnäsiger Kopf tat aller Welt kund, daß der allmächtige Allah die Wüste ausschließlich für sie erschaffen hat.

Der Mensch fühlt sich verlassen in dieser Welt aus Wüste, Leere und Unendlichkeit; verlassen, vereinsamt und verloren. Die Zeit steht still.

Am Horizont, wo sich Himmel und Wüste nur durch eine kaum sichtbare Linie voneinander abheben, kommt plötzlich Bewegung auf. Ein Beduine treibt sein Kamel vor sich her; sie sind nur schemenhaft zu erkennen, kleine, unwirkliche Lebewesen auf der dünnen Schwelle zwischen Himmel und Erde, aber: nicht der Mensch, das Kamel schreitet voran; das Kamel kennt den Weg und das Ziel, der Beduine trabt blindlings hinterher. Der Gang des Kamels ist gemächlich, selbstsicher, zeitlos. Der Beduine muß sich sputen, um mit dem Kamel Schritt zu halten. Die Zeit ist auf seiten des Kamels, weil sie ihm seine Gangart, seine Würde, seine Natur beläßt. Den Beduinen scheucht sie hinterher.

JOHANN PETER HEBEL
Eine sonderbare Wirtszeche

Manchmal gelingt ein mutwilliger Einfall, manchmal kostet's den Rock, oft sogar die Haut dazu. Diesmal aber nur den Rock. Denn obgleich einmal drei lustige Studenten auf einer Reise keinen roten Heller mehr in der Tasche hatten, alles war verjubelt, so gingen sie doch noch einmal in ein Wirtshaus, und dachten, sie wollten sich schon wieder hinaus helfen, und doch nicht wie Schelmen davonschleichen, und es war ihnen gar recht, daß die junge und artige Wirtin ganz allein in der Stube war. Sie aßen und tranken guten Mutes, und führten miteinander ein gar gelehrtes Gespräch, als wenn die Welt schon viele tausend Jahr alt wäre, und noch ebenso lang stehen würde, und daß in jedem Jahr, an jedem Tag und in jeder Stunde des Jahrs alles wieder so komme und sei, wie es am nämlichen Tag und in der nämlichen Stunde vor sechstausend Jahren auch gewesen sei. »Ja«, sagte endlich einer zur Wirtin – die mit einer Strickerei seitwärts am Fenster saß und aufmerksam zuhörte, – »ja, Frau Wirtin, das müssen wir aus unsern gelehrten Büchern wissen.« Und einer war so keck und behauptete, er könne sich wieder dunkel erinnern, daß sie vor sechstausend Jahren schon einmal da gewesen seien, und das hübsche freundliche Gesicht der Frau Wirtin sei ihm noch wohl bekannt. Das Gespräch wurde noch lange fortgesetzt, und je mehr die Wirtin alles zu glauben schien, desto besser ließen sich die jungen Schwenkfelder den Wein und Braten und manche Brezel schmecken, bis eine Rechnung von 5 fl. 16 kr. auf der Kreide stand. Als sie genug gegessen und getrunken hatten, rückten sie mit der List heraus, worauf es abgesehen war.

»Frau Wirtin«, sagte einer, »es steht diesmal um unsere Batzen nicht gut, denn es sind der Wirtshäuser zu viele an der Straße. Da wir aber an Euch eine verständige Frau gefunden haben, so hoffen wir als alte Freunde hier Kredit zu haben, und wenn's Euch recht ist, so wollen wir in 6000 Jahren, wenn wir wiederkommen, die alte Zeche samt der neuen bezahlen.« Die verständige Wirtin nahm das nicht übel auf, war's vollkommen zufrieden, und freute sich, daß die Herren so vorlieb genommen, stellte sich aber unvermerkt vor die Stubentüre und bat, die Herren möchten nur so gut sein, und jetzt einstweilen die 5 fl. 16 kr. bezahlen, die sie vor 6000 Jahren schuldig geblieben seien, weil doch alles schon einmal so gewesen sei, wie es wiederkomme. Zum Unglück trat eben der Vorgesetzte des Ortes mit ein paar braven Männern in die Stube, um miteinander ein Glas Wein in Ehren zu trinken. Das war den gefangenen Vögeln gar nicht lieb. Denn jetzt wurde von Amts wegen das Urteil gefällt und vollzogen: Es sei aller Ehren wert, wenn man 6000 Jahre lang geborgt habe. Die Herren sollten also augenblicklich ihre alte Schuld bezahlen, oder ihre noch ziemlich neuen Oberröcke in Versatz geben. Dies letzte mußte geschehen, und die Wirtin versprach, in 6000 Jahren, wenn sie wiederkommen und besser als jetzt bei Batzen seien, ihnen alles, Stück für Stück, wieder zuzustellen.

Dies ist geschehen im Jahr 1805 am 17. April im Wirtshause zu Segringen.

WIELAND SCHMID

Eine Stunde Aufenthalt

Unter dem lichtgrünen Gehänge der Kastanien fand er einen freien Platz. Er ließ den Wagen rückwärts zwischen zwei Stämme rollen und verschloß die Türen. Von der Stadt her hallten ein paar Glockenschläge, zehnmal, dumpf und schwer. Er sah über sich in den blassen Himmel und atmete einige Male tief. Eine Stunde Aufenthalt. Seit zwanzig Jahren hatte er die Stadt nicht mehr besucht. Merkwürdig, wie wenig sich auf den ersten Blick verändert hatte.

Langsam ging er über die Rote Brücke, beugte sich einmal über die eiserne Brüstung. Im graubraunen Wasser des Inn spiegelten sich ein paar Wolken.

Das Brucktor, die Bruckgasse, heimeliges Dämmerlicht, gedämpfte Stimmen, ein Geruch nach – ja, wonach? Hinter einem niedrigen Fenster klapperte eine Kanne, eine Stimme trällerte einen Schlager, dann begann ein Wasserhahn zu rauschen.

Er reckte die Schultern und bohrte die Hände in die Manteltaschen. Einige wenige Geräusche, eine Stimme, das heisere Knarren eines Fensterladens, die Zeit spulte zurück, zwanzig Jahre zurück, und er glaubte, den Druck des braunen Schulranzens auf dem Rücken zu spüren, das Gewicht der Bücher und Hefte. Langsam tappte er die Gasse entlang, ging quer über das höckrige Pflaster eines Platzes, tastete mit der Hand über das rauhe Gestein einer Mauer. Eine winzige Spur Feuchtigkeit – nein, nichts hatte sich verändert, die Stadt war geblieben, wie er sie all die Jahre hindurch in seiner Erinnerung bewahrt hatte, warm, vertraut, ein bißchen provinziell, ein wenig verträumt.

Da der Marienplatz, das Kernhaus mit seinem gewölbten Laubengang. Er trat aus dem Schatten heraus, blinzelte in die fahle Morgensonne. Ein Mädchen ging vorüber, ein bunter Rock wippte über braunen Beinen. Er sah ihr nach, wie sie zwischen den Arkaden untertauchte. Und mit einemmal klang ein Name zwischen seinen Ohren, weckte eine Erinnerung, lockte Bilder vor seine Augen. Der Weg von der Schule, der Platz, das Haus, die Arkaden, und mitten darin, hinter dem Gerank der efeuüberwucherten Mauer Eva, in einem hellen Sommerkleid, unter dem Arm die Schulmappe, mit lustig blinzelnden Augen und ausgestreckter Hand, die er nur zu ergreifen brauchte …

Nein, das war natürlich Unsinn. Er schüttelte den Kopf und strich sich mit der Hand über die Stirn.

Er ging weiter, quer über die Straße, bog um die nächste Ecke, und stand im nächsten Augenblick vor dem Haus. Zur Linken entdeckte er ein Geschäft, Kolonialwaren und Spirituosen. Es mußte neu sein, aber direkt vor ihm, das schmale Schaufenster, die wenigen, etwas ausgetretenen Steinstufen, die schwarzbraune Holztür mit den schmalen Gittern. Seine Augen tasteten nach einem Schild. »Bücher und Schreibwaren Hans Kernig.« Alles war wie eh und je, doch der Name war fremd. Kernig? Ein zweites Mal schüttelte er den Kopf.

Er lehnte sich gegen die Mauer und behielt dabei den Eingang im Auge. Und wie er so dastand und nichts zu tun hatte als zu warten und ein wenig in seinen Erinnerungen zu kramen, dann und wann eine winzige Schublade aufzuziehen und ein bißchen darin zu stöbern, ein bißchen Ordnung hineinzubringen, da sah er sich wieder die wenigen Stufen hinuntergehen, zum Ladentisch – rechts stand ein Ständer mit bunten Postkarten, er entsann sich genau –, und Eva huschte zu einem Regal, zog ein Heft heraus und schob es ihm über den Tisch hinweg zu. Er fingerte nach seiner Geldbörse, aber sie schüttelte den Kopf, er lächelte, und sie erwiderte sein Lächeln, und er sagte leise: »Heute nachmittag, um drei?« Und sie nickte. –

Er tat es unbewußt. Als er die Tür hinter sich ins Schloß fallen hörte, schreckte er zusammen und sah sich verlegen um. Ein kleiner Junge kramte in einem Stapel bunter Hefte. Aus dem Schatten des Hintergrundes löste sich eine Gestalt und trat an den Tisch.

»Sie wünschen?«

»Ach ja«, sagte er verwirrt und streifte die Frau mit den Augen, »ich suche einen Stadtplan, und eine kleine Beschreibung, nicht zu teuer, so für zwei, drei Mark?«

»Gerne«, antwortete sie. Und, nach kurzem Zögern: »Sie sind fremd hier?« Er sah auf, schluckte. »Ja, ja und nein. Ich wohnte einmal hier, aber es liegt lange zurück, so an die zwanzig Jahre. Seitdem wohne ich nicht mehr in der Stadt. Ich bin auf dem Weg nach München, und da dachte ich …«

»Ja, natürlich«, sagte sie.

Er wies mit der Hand auf ein schmales, hellblaues Heft. »Dieses hier, bitte.«

Er zählte zwei Mark auf den Tisch und steckte das Päckchen in seine Manteltasche. Unter der Tür wandte er sich noch einmal um.

»Übrigens, ich kannte einmal jemand, der hier wohnte, flüchtig nur, es war ein Mädchen, wir gingen kurze Zeit zusammen in die gleiche Schule. Eva hieß sie, glaube ich, der Nachname ist mir entfallen, vielleicht kennen Sie sie?«

Die Frau hinter dem Ladentisch beugte sich über die Kasse und sortierte ein paar Geldscheine.

»Ja, ich kann mich entsinnen«, sagte sie nach einer Weile, »sie war blond, nicht wahr?«

»Soweit ich mich erinnern kann, ja.«

»Eva Penzing, meinen Sie Eva Penzing? Ihrem Vater gehörte das Geschäft hier. Er starb kurz nach dem Krieg. Soviel ich weiß, war sie mit einem jungen Mann verlobt, der sie dann eines Tages sitzen ließ. Es war ein harter Schlag für sie, damals, sie wartete lange darauf, daß er zurückkommen würde. Einige Male schrieb er ihr noch als Soldat. Ihre Eltern meinten, er sei vielleicht gefallen, aber dann wären ihre Briefe ja sicher zurückgekommen.«

»Ja, sicher«, sagte er. Und nach einer Pause: »Nein, so etwas, sie war ein hübsches Mädchen, nicht wahr?«

»O ja, gewiß«, sagte die Frau. Die Geldscheine raschelten zwischen ihren Fingern, es waren eine Menge Scheine. Sie fand keine Zeit, auch nur einmal aufzuschauen.

»Und – Sie wissen nicht, was aus ihr geworden ist?«

Sie schüttelte den Kopf. »Sie hat geheiratet, vor vielen Jahren, ich glaube, sie ist weggezogen, genaues kann ich nicht sagen. Haben Sie sonst noch einen Wunsch?«

Er zuckte unter diesen Worten zusammen. »Nein, entschuldigen Sie, bitte, ich wollte Sie nicht aufhalten. Nur, wenn man nach so langer Zeit zum erstenmal wieder an einen vertrauten Ort kommt, dann fällt einem plötzlich so manches wieder ein – aber ich habe Sie von Ihrer Arbeit abgehalten, bitte, entschuldigen Sie.«

Der Himmel war blau, und auf dem Gehsteig tanzten helle Sonnenkringel. Er lächelte versonnen und verharrte sekundenlang auf der obersten Stufe, ehe er sich abwandte und weiter in die Stadt hineinging.

Die Frau war an die Tür getreten und sah dem Mann nach, bis er um die nächste Ecke bog. Dann lehnte sie die Stirn gegen das kühle Glas des Fensters und blieb minutenlang reglos stehen.

»Bernhard Kleinmann«, flüsterte sie. Sie sprach den Namen zweimal vor sich hin. Dann hob sie mit einem Ruck den Kopf und ging in das Dunkel des Ladens zurück. »Nein«, sagte sie dabei leise, »nein, es ist besser so. Ich habe zu lange auf ihn gewartet …«

MARTIN SUTER
Aus der Arbeit des Krisenstabs

An einem gewöhnlichen Mittwoch treffen sich Favre, Pfander, Menzel und Stefanie Rutzer zu einer kurzfristig anberaumten Krisensitzung im Café Marabu, einem unauffälligen, günstig gelegenen Tearoom. »Sag's ihnen«, fordert Favre Stefanie Rutzer auf.

»Er fährt nicht«, sagte diese nur. Allen ist klar, was sie meint: Otto Kunz, der geschäftsführende Direktor, fährt wieder einmal nicht in die Ferien.

»Vorläufig oder endgültig?«, fragt Menzel, ohne große Hoffnung. Stefanie Rutzer ist die Sekretärin von Kunz, ihre Informationen über den Chef sind normalerweise gesichert. »Er hat die übernächste Woche für Termine freigegeben«, erwidert sie sachlich.

Pfander seufzt. »Warum müssen wir das ausgerechnet in einem alkoholfreien Lokal besprechen?«

»Ich könnte jetzt auch etwas Stärkeres vertragen«, nickt Menzel.

Favre, der die Sitzung einberufen hat, gibt nicht so schnell auf. »Der Flug ist allerdings noch nicht storniert.«

Alle schauen Stefanie Rutzer an. Sie nickt. »Er will es erst im letzten Moment tun. Seine Familie soll nicht wissen, dass er es schon eine Woche vorher wusste.«

»Seine Familie wusste es schon ein Jahr vorher«, sagt Pfander verächtlich. »Er sagt jedes Mal ab.«

»Diesmal hat er schwören müssen, dass es dieses Jahr nicht passiert. Es ist das letzte Mal, dass die ganze Familie zusammen Ferien machen kann. Claudia ist nächstes Jahr in L. A. Und Ronnie wollte schon dieses Jahr nicht mehr mit.«

Die drei Herren schütteln die Köpfe. »Und er hat das Herz, diesen letzten Wunsch seiner Familie auszuschlagen«, entsetzt sich Menzel.

»Es bricht ihm fast das Herz, behauptet er. Aber er könne sich nicht zweiteilen.« Die Herren lachen auf. Die Vorstellung eines zweigeteilten Kunz gefällt ihnen. In die Stille, die jetzt folgt, murmelt Pfander: »Manchmal gibt es in Tearooms Liköre.« Niemand geht darauf ein.

Es ist wieder Favre, der konstruktiv wird: »Hat jemand eine Idee?«

»Wir könnten ihm die Arbeit abnehmen, die ihn daran hindert, zur Familie in die Ferien zu fahren«, schlägt Menzel vor. Er ist noch nicht so lange in der Firma.

»Welche Arbeit?«, fragen die andern wie aus einem Mund. Menzel wird etwas verlegen. »Ich meine die angebliche.«

»Der kann ja nicht einmal die richtige delegieren«, gibt Pfander zu bedenken.

Favre meldet sich: »Vielleicht sollte jemand von uns mit ihm reden. Ihm sagen, dass wir lieber drei Wochen auf ihn verzichten als für immer. – Schon gut, schon gut, war ja nur ein Vorschlag.«

Es ist Stefanie Rutzer, die schließlich den rettenden Vorschlag hat: »Ich rufe seine Frau in Nizza an und gebe ihr einen Tipp von Frau zu Frau.«

An einem gewöhnlichen Donnerstagmorgen treffen sich Frau Kunz und ihre beiden Kinder in einem Strandcafé in Nizza. Es ist eine kurzfristig anberaumte Krisensitzung. »Bestrebungen sind im Gange, Papa daran zu hindern, die Ferien abzusagen.«

KARL-MARKUS GAUSS

Begegnung in der Kathedrale

Es war in Tours, der alten Stadt an der Loire. Wir hatten einen Umweg gemacht, um die Cathedrale Saint-Gatien zu besichtigen, eine mächtige Basilika, entstanden zwischen dem dreizehnten und dem sechzehnten Jahrhundert. Berühmt ist sie für die Glasfenster, aus denen die Wände des Hauptschiffes fast vollständig bestehen. Wer sich Zeit nimmt und einen kundigen Begleiter hat, kann Stunden damit verbringen, sich an den Figuren der Glasfenster die Geschichten zu vergegenwärtigen, die in der Bibel erzählt werden. Aber selbst gelehrte Kenntnis von Details der Gestaltung und deren historischen und religiösen Voraussetzungen würde den Eindruck nicht übertroffen haben können, den die Sonne und die Glasflächen gänzlich unabhängig davon machten. An diesem bewölkten Tag, an dem die Sonne immer wieder durch die Wolken brach, tauchten sie die düstere Kirche in ein überirdisches Licht, das alle Augenblicke von Blau in Rot und Grün wechselte.

Wir saßen, stumm und staunend, schon eine Weile, als ich ein leises Schlürfen vernahm. Vor ein paar Minuten hatte man eine Reisegruppe an uns vorbeigeführt, nach vorne, zum Altar, betagte Frauen und Männer, die in kurze Hosen und Turnschuhe gesteckt und mit Fotoapparaten ausgestattet worden waren. Ich lauschte, was es mit dem Geräusch auf sich hatte, es schien von einem kleinen Seitenaltar zu kommen, ein paar Meter links von uns, und ich erhob mich, um schlürfwärts zu gehen. Hinter einer mächtig aufstrebenden Säule führte eine kleine Kapelle weg, in der es viel dunkler war als im Hauptschiff, zu dem sie sich öffnete. Im Flackern weniger Kerzen saß da auf einer dunkelbraunen Holzbank eine Frau von vielleicht achtzig Jahren, sie saß, die nackten Knie zusammengepresst, etwas schräg geneigt fast auf der Kante der Bank, als hätte sie kaum gewagt, sich niederzulassen, eine zierliche Dame, die sich unbemerkt von der Truppe entfernt hatte.

Das Geräusch rührte daher, dass sie entkräftet gerade damit beschäftigt war, ein Riesensandwich zu verzehren. Es handelte sich um eines jener gefüllten Baguettes, die die Bäcker in Frankreich allerorten anbieten: Zwischen den zusammengeklappten Deckeln des langen, schmalen Brotes finden sich über einem Blatt grünen Salates je ein paar Scheiben Käse und Tomaten, sodann Zwiebelringe, Kapern und mit einer rahmigen Sauce übergossene Stücke Thunfisch. Ich hatte derlei schon probiert und wusste, wie köstlich es schmecken konnte. Die Hungrige hatte damit zu kämpfen, dass bei jedem Biss, den sie tat, die rahmige Sauce seitwärts aus dem Baguette tropfte und ihr die Mundwinkel hinablief, von wo sie sie mit einem aufziehenden Geräusch und einer leckenden Bewegung der Zunge dorthin zu befördern suchte, wo sie hingehörte. Das fundamentalistische Gefühl, das mich gerade erst angefasst hatte, als ich die Reisegruppe vorbeiziehen sah, und das mich nach einem grimmigen Kirchendiener ausschauen ließ, der alle Kurzbehosten, Malmenden und Knipsenden jedweden Alters unverzüglich aus der Kirche befördern würde, war mit einem Mal verflogen. Ein verzweifelter Blick traf mich, als die Schlürfende meine Anwesenheit bemerkte, der Blick der verfolgten Kreatur, die sich in dem Versteck aufgespürt sieht, in dem sie sich gerettet glaubte. Nicht minder beschämt, als hätte ich sie bei der Verrichtung ihrer Notdurft ertappt, blickte die Greisin mich in namenlosem Grauen an, und was uns verband, war die Scham, durch meine Schuld hier aufeinandergetroffen zu sein.

Später, als sie sich ihrer Gruppe wieder eingefügt hatte, sah ich, wie sie vor dem Verlassen der Kirche mühsam das Knie beugte. Sie war also fromm, im Unterschied zu mir, und ich musste mich unwillkürlich fragen, was mir, dem ungläubigen Wächter der Kirchenordnung, noch nie in den Sinn gekommen war: was daran Schlechtes sein konnte, dass jemand im Hause seines Gottes den Hunger stillt?

CHRISTINE NÖSTLINGER
Wie man beim Zeitsparen Zeit vertut

Ziehe ich einen Rock an und sehe, dass ihm – unten beim Saum – ein Faden heraushängt, ziehe ich den Rock wieder aus, schaue nach, wo der Faden herkommt und befestige ihn dort mit Hilfe einer Nähnadel. So agiere ich allerdings nur, wenn ich nicht in Eile bin.

Bin ich in dieser, bücke ich mich, reiße den Faden ab und stehe dann in einem frivol geschlitzten Kittel da, weil der Faden, an den ich geraten bin, ein für den Zusammenhalt des Rockes dringlich nötiger war.

Habe ich viel Zeit, hole ich den Topflappen, auch wenn er zwei Meter entfernt liegt, um mit ihm den heißen Topf anzufassen. Bin ich unter Zeitdruck, spare ich die drei Schritte ein und nehme statt des Lappens den Schürzenzipfel.

Da der Schürzenzipfel aber weniger isoliert als der Lappen, schaffe ich es nicht, den brennheißen, randvollen Topf ruhig zu tragen. Ich stöhne, fürchte, den Topf fallen zu lassen, erreiche gerade noch den Ort, an dem ich ihn deponieren will, atme auf, weil ich das quälende Ding gleich los sein werde, setze es zu ruckartig ab, und viel Suppe schwappt über den Topfrand auf den gedeckten Tisch.

In ruhigen, gelassenen Stunden würde ich nie wagen, sechs Eier ohne Behältnis, bloß in meinen schmalen, feingliedrigen Händen zu tragen.

In hektischen Minuten jedoch erscheint es mir möglich, und dann bewege ich mich, hilflos Eierchen jonglierend, durch die Küche und kann froh sein, dass die Küche einen Fliesenboden hat, der leicht von glitschigem Ei zu reinigen ist.

Üblicherweise sind in solchen Situationen auch keine Ersatzeier vorhanden, und vor Wut über die Sauerei, die man angerichtet hat, stößt man mit dem wischenden Besen noch gegen die Glasscheibe der Küchentür, und die bekommt einen Sprung.

Endlos wären die Beispiele, wie man Zeit vertut, wenn man Zeit einsparen will, aufzulisten. Drei Dutzend »echte deutsche Lustspielsituationen«, in die ich mich durch übertriebene Hast manövriert habe, fallen mir ohne viel Nachdenken ein, denn heute habe ich einen ruhigen, friedlichen Tag.

Aber morgen, wenn ich wieder einmal glauben werde, dass man in einer Stunde Essen kochen, aufräumen, viermal telefonieren und einer Geschichte ein pointenreiches Ende schreiben kann, werde ich es wieder vergessen haben.

Nicht einmal einfallen wird mir, dass es eigentlich überhaupt nicht nötig ist, einen Kuchen zu backen, wenn die Zeit knapp ist.

FRANZ HOHLER

Die sprechende Kastanie

Ein alter Mann lebte ganz allein in einem kleinen Haus. Er hießt Pietro, und seine Frau war schon lange tot. Kinder hatte er keine, und die meisten seiner gleichaltrigen Freunde waren gestorben.

Am liebsten sprach er von früher, aber niemand hörte ihm zu. Die meisten Leute saßen lieber vor dem Fernseher und schauten sich Kriege, Überschwemmungen und Vulkanausbrüche an. Aber ob der neue Pfarrer damals ins Dorf gekommen war, bevor der Schäfer Oreste gestorben war oder erst danach, interessierte niemanden.

Einmal im Herbst hatte er Kastanien gesammelt und wollte sie auf dem Kaminfeuer rösten. Bevor er sie in die Röstpfanne legte, schnitt er eine um die andere auf.

»Halt!« rief da eine Kastanie, die er in die Hand nahm, »schneid mich nicht auf, ich kann sprechen!«

Verwundert ließ Pietro sein Messer sinken und legte die Kastanie vor sich auf den Tisch.

»Du kannst sprechen?« fragte er.

»Ja«, sagte die Kastanie, »und ich weiß auch viele Geschichten von früher.«

»So so«, sagte der alte Mann, »dann weißt du vielleicht, daß der Hirtenhund des dicken Oreste einmal in den Bach gefallen ist.«

»Sicher«, sagte die Kastanie, »Oreste rang die Hände und sprang fast selbst in den Bach.«

»Aber was ich mich schon lange gefragt habe«, sagte Pietro, »warum ist er eigentlich in den Bach gefallen?«

»Er war hinter der Katze von Zia Amadea her, die hatte aus seinem Trog gefressen.«

»Richtig!« rief Pietro und mußte lachen, »wie konnte ich das vergessen, diese Katze war doch das frechste Vieh im ganzen Dorf!«

»Ja«, sagte die Kastanie und kicherte, »bei Orestes Leichenmahl hat sie dem Pfarrer die Forelle vom Teller gefressen.«

»Ach ja«, sagte Pietro, »aber sag mal, war das der neue oder der alte Pfarrer?«

»Aber Pietro«, sagte die Kastanie, »der alte natürlich, der neue kam doch erst nachher ins Dorf.«

»Eben«, sagte Pietro, »eben, ich hab's ja gewußt, der neue Pfarrer kam erst nachher.«

Dann fragte er die Kastanie noch bis tief in die Nacht hinein nach Geschichten, die im Dorf passiert waren, und sie konnte ihm alle haarklein erzählen und wußte auch manches, an das er sich nicht mehr erinnerte.

Als ihn die Nachbarin, die ihm immer die Milch brachte, am nächsten Morgen fand, hatte er den Kopf auf den Tisch gelegt, sein Ohr ganz nahe bei der Kastanie, und er sah sehr zufrieden aus.

ILSE HELBICH

Die chinesische Muschel

Eine Novelle

Der Vater hat gesagt: »Das ist eine Zaubermuschel, und sie kommt aus China.« Das bräunliche Rund mit seiner Dreiecksspitze liegt geheimnisvoll in ihrer Handfläche. Doch dann läuft sie in die Küche und holt ein Glas und lässt die Muschel ins Wasser gleiten.

Danach sitzt sie mit aufgestützten Armen am Fensterbrett und wartet und wartet immer noch, und die Zaubermuschel liegt still in ihrem Wasserbett, und nichts weiter geschieht.

Schritte sind hinter ihr und Stimmen, jemand fragt, ob sie den Kellerschlüssel gesehen oder gar genommen habe, er sei schon wieder einmal verschwunden. Gleichgültig verneint sie und starrt weiter auf die versenkte Muschel, bis ihre Augen brennen. Ihr ist, als bewege sich das Wasser unter ihren Atemzügen leise.

Auf einmal glaubt sie zwischen den Muschelhälften einen winzigen Spalt zu sehen. Nein, es war eine Täuschung. Aber dann steigen langsam zwei Luftblasen hoch, und jetzt ist es sicher: Der schwarze Spalt ist breiter geworden! Sie schaut noch angestrengter, nichts verändert sich, und da!, auf einmal, ist etwas wie ein winziger grüner Finger herausgekrochen.

Es dauert sehr lange und es geschieht beinahe unmerklich, bis aus dem Finger ein grüner Faden geworden ist, reglos am Boden des Glases, aber dann und jetzt rasch beginnt der Faden Sprossen auszutreiben, wird kräftiger dabei, grünes Sprießen, der Stamm hebt sich mit einem Ruck, und Blattknospen tun sich auf und winzige vollkommene Blätter treiben aus, und dann wiegt sich ein Unterwassergewächs in seinem Element gerade so, wie sie es manchmal im klaren Wasser ihres Sommersees gesehen hat.

Wieder steigen Luftblasen auf, etwas wie ein leiser Knall: »Rak«, haben sich die Muschelhälften ruckartig auseinandergeklappt. Jetzt sieht sie, dass das Muschelinnere dicht bewachsen ist mit moosigem Grün, aus dessen Polstern ein hauchzarter, heller Flaum wächst, Sommergespinst. Und was liegt da im Moosigen und schimmert und glänzt herauf? Es ist eine vollkommene Perle. Sie ist es, die das Geheimnis der Muschel war, das kostbare, gehütete.

Während sie im matten Spiegelglanz der Perle versunken ist, hat sie beinah übersehen, dass sich an der Spitze der Wasserpflanze aus einer kleinen grünen Faust etwas Rotes zu schälen beginnt. Schon entfalten sich Blütenblätter zum Kelch, die goldgelben Staubgefäße zeigen sich, und die Seerose ist geboren, es ist jedoch eine Seerose, wie sie sie draußen in ihrem Sommersee noch nie gesehen hat, denn dort schwammen immer weiße oder gelbe Blumen.

Ja, jetzt ist das Wunder geboren. Sie darf schauen und sich freuen. Aber was ist das? Im Moos da unten im Muschelgrund ist wieder leise Bewegung, etwas Goldrotes blinkt auf und löst sich aus seiner Behausung, und jetzt ist es ein kleiner Goldfisch, der wiegend aufsteigt und seine Alge umschwimmen will und sich wiegt in den Wellchen, die sie erzeugt hat, als sie leise am Wasserglas gerüttelt hat. Die Wunderpflanze wiegt sich, und ihre Blüte und das Fischchen, das goldene, lässt sich heben und senken, und da – ist dort hinten die Stimme der Mutter, die sagt: »Der Kellerschlüssel ist wieder aufgetaucht, die Mitzi hat ihn wieder einmal im Einkaufskorb vergessen.«

SUSANNE NIEMEYER

Herr Wohllieb wartet auf ein Zeichen

Als Herr Wohllieb am Dienstagmorgen erwachte, hatte sich ein großes Loch aufgetan. Unten rauschten die Lastwagen. Gegenüber schüttelte eine Frau ihren Teppich über den Köpfen der Fußgänger aus. Der Himmel war mittelgrau und die Leuchtreklame des Tabakladens blinkte unverdrossen. Es war Dezember. Alles war wie immer, nur dass plötzlich diese Frage vor ihm stand: »Was mache ich mit dem Rest meines Lebens?«

Sie war aufgetaucht, als Herr Wohllieb gründlich seine Zähne putzte und sich dabei routinemäßig im Spiegel betrachtete. Sein Haar hatte sich für einen angenehmen Silberton entschieden, der mit dem Eisblau des Pyjamas harmonierte, den er in allen geraden Wochen trug. (Für die ungeraden hatte er einen mintgrünen, eine, wie er fand, etwas gewagte Farbe. Aber nachts sah ihn ja niemand.)

Die Frage verschwand auch beim Frühstück nicht. Gegen Mittag machte er sich daran, die Badezimmerfugen zu reinigen, um sich zu zerstreuen, aber die Frage blieb. Groß und unüberhörbar stand sie im Raum und ließ sich nicht ignorieren. Herr Wohllieb wunderte sich, denn normalerweise neigte er keinesfalls zu Grübeleien. Im Gegenteil, er schätzte sich als ausgesprochen nüchternen und unkomplizierten Zeitgenossen, dessen einzige Exzentrik darin bestand, sonntags ein weiches Frühstücksei mit Orangenmarmelade zu essen. Über das Leben im Allgemeinen hatte er sich noch nie Gedanken gemacht.

Nach reiflicher Überlegung beschloss er, sich an Gott den Allmächtigen zu wenden. Auch wenn sie bisher noch nicht viel Kontakt miteinander hatten, nahm er an, dass er der richtige Ansprechpartner für derlei Dinge wäre. »Herr Gott«, begann er, strich über sein Haar und straffte den Rücken, denn dies war ein ernster Moment. Er räusperte sich und sprach in Richtung Zimmerdecke: »Was soll ich tun mit meinem Leben? Bitte sei so gut und gib mir ein Zeichen. Danke.« Er zögerte kurz und fügte noch hinzu: »Dein

Bernd.« Dann wartete er. Nach einer halben Stunde ging er hinaus, um eine Packung Milch zu holen und ein halbes Pfund Gouda. Nachmittags erwog er, einen Mittagsschlaf zu halten, entschied sich dann aber dagegen, weil es ihm unhöflich erschien, zu schlafen, während man auf eine Antwort wartet. Aber Gott schwieg. »Merkwürdig«, murmelte Herr Wohllieb, denn er hatte mit einer raschen Reaktion gerechnet. Sein Fall lag ja nicht so kompliziert. »Ob er meine Nachricht nicht erhalten hat? Vielleicht ist er überlastet …« Er verwarf den Gedanken schnell. »Wie albern«, schalt er sich, »überlastet. Der Allmächtige!«

Nach eingehender Betrachtung entschied er, dass es nur einen einzigen Grund für Gottes Schweigen geben konnte: Der Herr dachte nach. Er, Gott der Allmächtige, wollte für ihn, Bernd Wohllieb, eine perfekte, eine wahrhaft vollkommene Antwort finden. Der Gedanke ließ ihn erröten. Sein Herz pochte schneller. Sollte er, Bernd Wohllieb, denn so wichtig sein? Das war doch nicht möglich! Er fuhr sich ein weiteres Mal durchs Haar und beschloss, eine Krawatte umzubinden. Dann machte er einen Spaziergang, bei dem er jedem Passanten freundlich zulächelte, denn auf keinen Fall wollte er, der offenkundig ein so bedeutender Mensch war, für hochnäsig gehalten werden. Ein Mütterchen und zwei Verliebte lächelten zurück und Herr Wohlliebs Laune hob sich.

Auch die folgenden Tage blieben Tage des Schweigens. Gott dachte nach, und Herr Wohllieb wollte ihn nicht stören. Sorgsam ging er mit sich um, hielt sich höflich die Tür auf und achtete darauf, nicht mit sich selbst zu schimpfen, wie er es häufig tat, wenn er »Ich Dussel« murmelte oder »Jetzt reiß dich aber zusammen!«. Wenn Gott der Herr ihn für so wichtig hielt, dass er bereits drei volle Tage über ihn nachdachte, dann sollte er es ihm nachtun und sich nicht für weniger wichtig halten. Am vierten Tag kaufte sich Herr Wohllieb einen neuen Hut und polierte das Messingschild an seiner Haustür. Am fünften Tag hielt er einen Schwatz mit dem Zeitungshändler, mit dem er tatsächlich noch nie ein Wort gewechselt hatte außer »Bitte«, »Danke« und »Auf Wiedersehen«. Doch nun hatte er einen Ruf zu verlieren. Er wollte sich mit jedem gut stellen.

Gott überlegte noch immer, und auch Herr Wohllieb begann, sich Zeit zu nehmen. Bisher war sein Leben von Effizienz geprägt. Den Frühstücksteller benutzte er ein zweites Mal und auf dem Tisch lag eine Plastikdecke, die man feucht abwischen konnte. Meistens jedoch aß er ohnehin im Stehen und bevorzugte Klappstullen. Wenn man mittelaltes Brot nahm, krümelten sie so gut wie gar nicht. Nun aber deckte er den Tisch und legte eine Serviette neben seinen Teller. Es waren Tannenzweige darauf gedruckt und er fragte sich, wann sie in seine Wohnung gelangt waren. Aufmerksam hörte er am Telefon den langatmigen Ausführungen seiner Schwester zu und selbst dem Tagesschausprecher lauschte er, bis er seine Nachrichten zu Ende verlesen hatte. Herr Wohllieb fand auf einmal, das war er ihnen schuldig. Gott den Herrn trieb er ja auch nicht an.

Je länger Gottes Schweigen dauerte, desto mehr Ehrfurcht empfand Herr Wohllieb. Er bemerkte kaum, wie die Jahre vergingen. Seine Haare wurden weiß und er verlor drei Zähne, die Lastwagen auf der Straße wurden größer und eines Morgens war die alte Leuchtreklame gegen eine moderne Schrift ausgetauscht. Manchmal fiel ihm seine Frage dieses fernen Dienstagmorgens wieder ein. Dann sagte sich Herr Wohllieb: »Gott denkt über mich nach.« Und das beruhigte ihn ungemein und es erfüllte ihn mit einer großen Wärme, weil er wusste, zwischen Gott und ihm, dem alten Herrn Wohllieb, gab es so etwas wie ein stilles Einvernehmen. Und das war Antwort genug.

ANTONIO TABUCCHI

Yo me enamoré del aire

Das Taxi blieb vor einem schmiedeeisernen, grün gestrichenen Tor stehen. Das ist der Botanische Garten, sagte der Chauffeur. Er bezahlte und stieg aus. Wissen Sie, von welchem Teil des Gartens aus man ein Gebäude aus den zwanziger Jahren sieht?, fragte er den Taxifahrer. Der Mann hatte keine Ahnung, wovon er sprach. Auf seiner Fassade befindet sich ein Jugendstilfries, erklärte er, das Gebäude hat einen kunsthistorischen Wert, ich kann mir nicht vorstellen, dass man es abgerissen hat. Der Taxifahrer schüttelte den Kopf und fuhr weg. Es war schon fast elf und er wurde langsam müde, die Reise war lang gewesen. Das Parktor stand weit offen, und ein Schild informierte die Besucher, dass am Sonntag der Eintritt frei war und dass um 14 Uhr geschlossen wurde. Doch so viel Zeit hatte er nicht mehr. Er ging über eine von Palmen gesäumte Allee, die Palmen hatten einen ganz langen dünnen Stamm, der von einem grünen Büschel gekrönt wurde. Er dachte: Ob das wohl Buritì-Palmen sind? Zuhause war immer die Rede von Buritì-Palmen gewesen. Am Ende der Allee, wo der Garten begann, lag ein gepflasterter Platz, von dem vier Wege in die Richtung der vier Himmelsrichtungen weg führten. Auf dem Pflaster war eine Windrose dargestellt. Er blieb stehen und wusste nicht, in welche Richtung er gehen sollte. Der Botanische Garten war groß, und er würde vor der Schließung nicht finden, was er suchte. Er entschied sich für den Süden. Er hatte in seinem Leben immer den Süden gesucht, und jetzt, wo er in dieser Stadt des Südens angekommen war, schien es ihm richtig, in diese Richtung weiterzugehen. Aber in sich verspürte er einen leichten Nordwind. Er dachte an die Winde des Lebens, denn es gibt Winde, die das Leben begleiten: den sanften Westwind, den heißen Wind der Jugend, der dann vom Mistral aufgefrischt wird, bestimmte Südwestwinde, den Schirokko, der einen müde macht, den eisigen Nordwind. Luft, dachte er, das Leben besteht aus Luft, ein Windhauch und vorbei, im Übrigen sind auch wir nicht mehr als ein Hauch, Atem, und eines Tages geht der Atem zu Ende und die Maschine bleibt stehen. Auch er blieb stehen, denn er keuchte. Du keuchst ganz schön, sagte er zu sich. Der Weg stieg steil an, in Richtung der Terrassen, die man hinter dem Schatten der riesigen Magnolien sehen konnte. Er setzte sich auf eine Bank und zog ein Heft aus der Tasche. Er schrieb die Herkunftsländer der Pflanzen auf, die rundherum standen: Azoren, Kanarische Inseln, Brasilien, Angola. Mit dem Bleistift zeichnete er ein paar Blätter und ein paar Blumen, und dann zeichnete er die Blüte eines Baumes, der einen sehr merkwürdigen Namen hatte und dessen Herkunftsland die Azoren und die Kanaren waren, genau auf die zwei mittleren Seiten des Heftes. Es war ein majestätischer Riesenbaum mit langen lanzenförmigen Blättern und riesigen, prallen, kolbenartigen Blüten, die wie Früchte aussahen. Das Alter des Riesen war wirklich beachtlich, er zählte nach. Zur Zeit der Pariser Kommune musste er schon erwachsen gewesen sein.

Er spürte, dass er wieder zu Atem gekommen war und machte sich mit frischer Kraft auf ans Ende des Weges. Die Sonne brannte vom Himmel und blendete ihn. Es war sehr heiß, obwohl eine kühle Brise vom Ozean her wehte. Der südliche Teil des Botanischen Gartens ging in eine riesige Terrasse über, die steil zur Stadt abfiel und von der aus man die ganze Stadt überblickte, das Tal, das von der Altstadt ausgefüllt wurde, das enge Straßennetz und das Gassengewirr, die Dächer, die zumeist weißen, gelben und blauen Häuser. Von dort oben sah man den ganzen Horizont, und ganz hinten rechts, hinter den Hafenkränen, das offene Meer. Die Terrasse wurde von einem Mäuerchen gesäumt, das ihm bis zur Brust reichte, und darauf befand sich ein aus gelbblauen Kacheln bestehendes Mosaik, das die Stadt darstellte. Er begann, sie mithilfe der Skizze des Plans, die er vor sich hatte, zu erkunden: der Triumphbogen in der unteren Stadt, wo die drei Hauptverkehrsadern ihren Ausgang hatten, jene Architektur aus der Zeit der Aufklärung, als die Stadt nach dem Erdbeben neu aufgebaut worden war; der Stadtkern mit den zwei großen, nebeneinander liegenden Plätzen, links der runde Platz mit dem riesigen Bronzedenkmal, dann das moderne Viertel in nördlicher Richtung, mit der Architektur im Stil der fünfziger und sechziger Jahre. Warum bist du hergekommen?, fragte er sich, es ist doch alles verschwunden, alle haben sich verflüchtigt, ätsch. Er stellte fest, dass er laut gesprochen hatte und lachte über sich selbst. Er machte eine Geste in Richtung der Stadt, als ob er sich von jemandem verabschiedete. Eine Glocke in der Ferne schlug dreimal. Er schaute auf die Uhr. Es war dreiviertel zwölf, er beschloss, einen anderen Winkel des Botanischen Gartens zu besichtigen und kehrte um, um zu dem anderen Weg zu gelangen. In diesem Augenblick hörte er eine Stimme. Es war die Stimme einer singenden Frau, aber er begriff nicht, wo sie sang. Er blieb stehen und versuchte herauszufinden, woher sie kam. Er kehrte um, trat an das Mäuerchen und blickte nach unten. Erst jetzt bemerkte er, dass sich links, fast direkt hinter der abschüssigen Kiesterrasse des Botanischen Gartens ein Gebäude befand. Ein altes Wohnhaus, dessen Hinterseite auf den Botanischen Garten blickte, aber da die Fassade gut sichtbar war, konnte man erkennen, dass es sich um ein Gebäude aus der Jahrhundertwende handelte, die Gesimse und die Stuckfriese, auf denen mit Lorbeerranken befestigte Theatermasken dargestellt waren, ließen keinen andren Schluss zu. Es hatte ein flaches Dach, eine riesige Terrasse, auf die die Schornsteine des Hauses hinausragten und wo Wäscheleinen gespannt waren. Die Frau stand mit dem Rücken zu ihm, von hinten gesehen schien sie ein Mädchen zu sein, sie hängte gerade die Laken auf, und um die Wäscheleine zu erreichen, musste sie sich mit ausgestreckten Armen auf die Zehenspitzen stellen, wie eine Tänzerin. Sie trug ein bedrucktes Leinenkleid, das ihren schlanken Körper betonte, und sie war barfuß. Der Wind bauschte das Laken in ihre Richtung wie ein Segel, und es sah aus, als ob sie es umarmte. Inzwischen hatte sie aufgehört zu singen, sie beugte sich über einen Weidenkorb, der auf einem Hocker stand, und holte daraus bunte Wäschestücke hervor, T-Shirts, wie ihm schien, als ob sie darüber nachdächte, welche sie als erste aufhängen müsse. Er bemerkte, dass er leicht schwitzte. Aber die Stimme, die er zuerst gehört hatte und die er jetzt nicht mehr hörte, war nicht verstummt, er hörte sie noch immer in seinem Inneren, als ob sie ein fortdauerndes Echo zurückgelassen hätte, und zugleich verspürte er ein merkwürdiges Sehnen, eine wirklich seltsame Empfindung, als ob sein Körper an Gewicht verloren und sich irgendwohin verflüchtigt hätte, ohne dass er wusste, wohin. Sing weiter, flüsterte er, bitte, sing weiter. Das Mädchen hatte sich ein Tuch um den Kopf gebunden, den Wäschekorb vom Hocker genommen und sich darauf gesetzt, im spärlichen Schatten der Laken versuchte sie sich vor der Sonne zu schützen. Sie drehte ihm den Rücken zu und konnte ihn nicht sehen, er aber blickte sie wie magnetisiert an, er konnte den Blick nicht abwenden. Sing weiter, sagte er ganz leise. Als er sich eine Zigarette anzündete, bemerkte er, dass seine Hand leicht zitterte. Er glaubte schon, eine Klanghalluzination gehabt zu haben, hin und wieder hören wir, was wir hören wollen, dieses Lied sang niemand mehr, die, die es gesungen hatten, waren alle tot. Und außerdem, was war das überhaupt für ein Lied, aus welcher Zeit stammte es? Es war sehr alt, es stammte aus dem 16. Jahrhundert oder sogar noch von früher, keine Ahnung, war es eine Ballade, ein Minnegesang, ein Liebeslied oder ein Abschiedslied? Früher hatte er es einmal gewusst, in einer anderen Zeit, aber diese Zeit war nicht mehr die seine. Er kramte in der Erinnerung, und augenblicklich, als ob ein Augenblick die Jahre rückgängig machen könnte, kehrte er in die Zeit zurück, in der ihn jemand Migalha nannte. Migalha bedeutete Bröselchen, sagte er zu sich, damals warst du ein Bröselchen. Plötzlich kam eine heftigere Brise auf, die Laken knallten im Wind, die Frau stand auf und hängte ein paar bunte T-Shirts und eine kurze Hose auf. Sing weiter, flüsterte er, bitte. In diesem Augenblick begannen die Glocken der nahen Kirche inständig Mittag zu läuten, und wie von dem Klang herbeigerufen, tauchte hinter dem Bretterverschlag, wo sich gewiss die Treppe befand, die auf die Terrasse führte, ein Kind auf und lief zu ihr hin. Es war wohl so um die vier oder fünf Jahre alt, hatte lockiges Haar und trug Sandalen mit halbmondförmigen Öffnungen an der Spitze und Hosenträger. Das Mädchen stellte den Korb auf den Boden, hockte sich hin und rief: Samuele! Sie breitete die Arme aus, das Kind warf sich ihr an die Brust, und sie stand auf und drehte sich mit dem Kind in den Armen im Kreis, sie drehten sich beide wie ein Karussell, die Beine des Kindes waren horizontal weggestreckt, und sie sang: Yo me enamoré del aire, del aire de una mujer, como la mujer era aire, con el aire me quedé*.

* Eine freie Übersetzung: »Ich habe mich in die Luft verliebt, in die Luft einer Frau, und da die Frau Luft war, ist mir nichts als Luft geblieben. // Luft, die die Luft vertreibt, Luft, die von der Luft vertrieben wird, sie ging so schnell weg, dass ich nicht mehr mit ihr sprechen konnte, als ob sie einen Rock höbe, hebt sie die Luft.«

Er ließ sich langsam auf den Boden sinken, mit dem Rücken über das Mäuerchen rutschend, und blickte nach oben. Das Blau des Himmels war eine Farbe, die einen weiten Raum öffnete. Er machte den Mund auf, um jenes Blau einzuatmen, um es zu schlucken, und dann umarmte er es, drückte es an die Brust. Er sagte: Aire que lleva el aire, aire que el aire la lleva, como tiene tanto rumbo no he podido habler con ella, como lleva polisón al aire la bambolea.

TOON TELLEGEN

Eile ist etwas Grausames

Eines Morgens wachte die Schildkröte auf und merkte zu ihrem Schreck, dass sie es eilig hatte.

»Hoppla«, rief sie. Aber bevor sie es ändern konnte, war sie schon unterwegs. Mit großer Geschwindigkeit schob sie sich vorwärts und gegen Mittag war sie bereits ein ganzes Stück weiter.

Sie jammerte und schluchzte und sprach manchmal ernsthaft mit sich selbst, aber es nützte nichts. Sie hatte es eilig. Schließlich schrieb sie einen Brief an die Schnecke:

Geehrte Schnecke,
zu meinem großen Kummer habe ich es eilig.
Was soll ich tun? Schnell!
Schildkröte

Gegen Abend trudelte ein langsamer, ordentlicher Brief vor ihrer Nase nieder.

Liebe Schildkröte,
was für eine Tragödie für Sie.
Eile ist etwas Grausames.
Kämpfen Sie gegen sie an,
schlagen Sie sie,
falten Sie sie zusammen, bis sie
nur noch ein unbedeutendes Knäuel ist.
Stopfen Sie dieses dann in die Erde.
Bewahren Sie vor allem Ruhe.
Wenn Sie und ich unsere Ruhe verlieren würden,
was dann?
Schnecke

Die Schildkröte faltete ihre Eile so ruhig wie möglich zusammen. Spät am Abend war sie damit fertig.

Sie stopfte das unbedeutende, aber noch immer ruhelose Knäuel in die Erde.

In der Tat, dachte sie, jetzt habe ich es nicht mehr eilig.

Sie blieb die Nacht über stehen, wo sie stand. Sie machte die Augen zu und seufzte sogar nicht mehr. He, he, war das Einzige, was sie noch dachte.

Am nächsten Tag schob sie sich ganz ruhig zurück zu der Eiche, unter der sie wohnte.

Eigentlich, dachte sie, muss ich mich bei der Schnecke bedanken. Aber nicht so schnell. Erst nach einer geraumen Weile.

Und ruhig und gelassen vergaß sie, dass sie es jemals eilig gehabt hatte.

FRIEDRICH ACHLEITNER
daumendrehen

daumendrehen. wer dieses wort für langeweile erfunden hat, der müsste proportional zu oder adäquat dieser ungeheuerlichkeit bestraft werden. wörtlich. nicht nötig, ihm wirklich die tortur des herausdrehens eines daumens anzutun. es genügt ein kleiner versuch, eine andeutung, und der kerl würde für alle tage diese wortschöpfung verdammen. wie kann man auch diese harmlose bewegung zweier daumen um ein nichts, im oder gegen den uhrzeigersinn, einer den andern verfolgend, wie kann diese harmlose verfolgungsjagd zweier daumen, im oder gegen den uhrzeigersinn – was ist das schon wieder: *uhrzeigersinn?* gibt es einen *uhrzeigerunsinn*? jedenfalls, wer die daumen im uhrzeigersinn bewegt, dreht noch lange nicht die daumen. denn ein richtiges daumendrehen, das ist wissenschaftlich, medizinisch, physiologisch belegt, ist kein zeitvertreib, sondern ein probates mittel, jede sekunde zur ewigkeit zu machen.

Autorinnen und Autoren, Texte und Druckvorlagen

Mit einem Sternchen* versehene Titel wurden von den Herausgebern formuliert.

FRIEDRICH ACHLEITNER (1930–2019)
daumendrehen 121
F. A.: und oder oder und. Wien: Zsolnay, 2006. S. 33. –

SIMON CARMIGGELT (1913–1987)
Die Fahrkarte 11
Aus dem Niederl. übers. von Stephan Koranyi. – Orig.-Titel: Treinkaart-je. In: S. C.: Morgen zien we wel weer. Amsterdam: Uitgeverij De Arbeiderspers, 1967. –

KARL CHRISTIAN
Es lohnt nicht mehr 56
K. Ch.: Ein ungewöhnlicher Tag und weitere Kurzgeschichten. Lahr: Johannis, 1994. S. 118–124. –

FRITZ ECKENGA (geb. 1955)
Zwischen Heimerzheim und Weilerswist. Wer verreist, der kann was erzählen 9
Häuptling Eigener Herd. Hrsg. von Wiglaf Droste und Vincent Klink. Stuttgart: Edition Vincent Klink, 2000. S. 80 f. – Mit Genehmigung von Fritz Eckenga, Dortmund.

HORST EVERS (geb. 1967)
Für Eile fehlt mir die Zeit 20
H. E.: Für Eile fehlt mir die Zeit. Reinbek b. Hamburg: Rowohlt, 2011. S. 11–16. –

PAULA FOX (1923–2017)
Franchot Tone bei der Paramount 75
P. F.: Die Zigarette und andere Stories. Aus dem Engl. von Karen Nölle und Hans-Ulrich Möhring. München: Deutscher Taschenbuch Verlag, 2014. S. 167–171. – Für die deutschsprachige Ausgabe: © 2011 C. H. Beck oHG, München.

MARTHA FREI
Trambahn-Diskussion 15
Narrenflieger. Anthologie. Hrsg. von Gabriele Haefs. Kiel: Edition Narrenflug, 2014. S. 92 f. – Mit Genehmigung von Martha Frei, München.

KARL-MARKUS GAUSS (geb. 1954)
Begegnung in der Kathedrale 97
K.-M. G.: Im Wald der Metropolen. München: Deutscher Taschenbuch Verlag, 2012. S. 223–225. – © 2010 Paul Zsolnay Verlag Wien.

ROBERT GERNHARDT (1937–2006)
Die Waldfee und der Werbemann 28
R. G.: Über alles. Ein Lese- und Bilderbuch [...]. Hrsg. von Ingrid Heinrich-Jost. Zürich: Haffmans, 1994. S. 408 f. – © 1994 Nachlass Robert Gernhardt. Alle Rechte vorbehalten S. Fischer Verlag GmbH, Frankfurt am Main.

JOHANN PETER HEBEL (1760–1826)
Eine sonderbare Wirtszeche 86
J. P. H.: Schatzkästlein des rheinischen Hausfreundes. Kritische Gesamtausgabe mit den Kalender-Holzschnitten. Hrsg. von Winfried Theiss. Stuttgart: Reclam, 1981. (Reclams Universal-Bibliothek. 142.) S. 114–116.

ILSE HELBICH (1923–2024)
Die chinesische Muschel. Eine Novelle 104
Das Magazin der 5 plus. 02/2014. Berlin [u. a.]: Die 5 plus, 2014. S. 103. – Mit Genehmigung von Anna Maisel, Wien.

FRANZ HOHLER (geb. 1943)
(1) In der Luft 27
(2) Die sprechende Kastanie 102
F. H.: Der Autostopper. Die kurzen Erzählungen. Mit einem Nachw. von Beatrice von Matt. München: Luchterhand, 2014. (1) S. 130. (2) S. 403 f. – Mit Genehmigung von Franz Hohler, Zürich.

WERNER KOCH (1926–1992)
Mensch und Kamel 85
Was also ist die Zeit? Erfahrungen der Zeit. Ges. von Gottfried Honnefelder. Frankfurt a. M.: Insel, 1989. S. 236. – © Insel Verlag Frankfurt am Main 1989. Alle Rechte bei und vorbehalten durch Insel Verlag Berlin.

GUIDO J. KOLB (1928–2007)
Ein guter Vortrag 64
G. J. K.: Der Clochard auf dem Standesamt. Heitere und besinnliche Kurzgeschichten. Freiburg (Schweiz): Kanisius, 1994. S. 67 f.

ROOT LEEB (geb. 1955)
Die Weiche 17
R. L.: Tramfrau. Aufzeichnungen und Abenteuer der Straßenbahnfahrerin Roberta Leeb. Erweiterte Neuauflage Berlin: Hirnkost KG, 2024. S. 13–15. – ©2024 Hirnkost KG, Lahrstr. 25, 12005 Berlin; prverlag@hirnkost.de; https//www.hirnkost.de.

GIORGIO MANGANELLI (1922–1990)
Ein leidenschaftlicher Wartender* 46
G. M.: Irrläufe. Aus dem Ital. von Iris Schnebel-Kaschnitz. Berlin: Wagenbach, 2000. S. 50 f. – © Verlag Klaus Wagenbach, Berlin 1980, 1989, 2000, 2022.

DIALIKA NEUFELD (geb. 1982)
Die Ehefrau 66
© Der Spiegel. Nr. 8. 2015. S. 59.

SUSANNE NIEMEYER (geb. 1972)
Herr Wohllieb wartet auf ein Zeichen 107
S. N.: Frohe Weihnachten: Jesus klingelt. Neue Weihnachtsgeschichten. Freiburg i. Br.: Kreuz Verlag, 2014. S. 12–16. – © 2014 Kreuz in der Verlag Herder GmbH, Freiburg i. Br.

CHRISTINE NÖSTLINGER (1936–2018)
Wie man beim Zeitsparen Zeit vertut 100
Ch. N.: Eine Frau sein ist kein Sport. Hrsg. von Hubert Hladej. St. Pölten / Salzburg: Residenz Verlag, 2011. S. 37 f. – © 2011 Residenz Verlag im Niederösterreichischen Pressehaus Druck- und Verlagsgesellschaft mbH, St. Pölten – Salzburg – Wien.

HEIDRUN PFEIFFER (geb. 1966)
Sprichwörtliches 31
Originalbeitrag. – Mit Genehmigung von Heidrun Pfeiffer, Stuttgart.

GISELA SCHALK (geb. 1941)
Ein besonderer Tag 48
G. Sch.: Frauen in den besten Jahren. Kurzgeschichten. Frankfurt a. M.: Fischer Taschenbuch Verlag, 1994. S. 61–66. – Mit Genehmigung von Gisela Schalk, Dortmund.

RAFIK SCHAMI (geb. 1946)
Der letzte Zettel 81
R. Sch.: Eine deutsche Leidenschaft namens Nudelsalat. Und andere seltsame Geschichten. München: Deutscher Taschenbuch Verlag, 2011. S. 175–177. – © 2011 Deutscher Taschenbuch Verlag, München.

WIELAND SCHMID (geb. 1927)
Eine Stunde Aufenthalt 89
W. Sch.: ... danken für jeden Tag. Erzählungen. Stuttgart: Verlag Goldene Worte, 1967. S. 20–25. – Mit Genehmigung von Wieland Schmid, Stuttgart.

A. L. SNIJDERS (1937–2021)
Bennie 70
Aus dem Niederl. übers. von Stephan Koranyi. – Orig.-Titel: Bennie. In: A. L. S.: Heimelijke Vreugde 1. Amsterdam: Rap, 2007. S. 246–248. – © 2007 A. L. Snijders. Mit Genehmigung von Uitgeverij De Bezige Bij, Amsterdam.

MARTIN SUTER (geb. 1948)
Aus der Arbeit des Krisenstabs 94
M. S.: Abschalten. Die Business Class macht Ferien. Zürich: Diogenes, 2012. S. 76–78. – © 2012, 2014 Diogenes Verlag AG Zürich.

ANTONIO TABUCCHI (1943–2012)
Yo me enamoré del aire 112
A. T.: Die Zeit altert schnell. Erzählungen. München: Deutscher Taschenbuch Verlag, 2013. S. 113–120. – © Carl Hanser Verlag München 2010.

JOHANN TALITZ VON LIECHTENSEE (17. Jh.)
Ein geistesgegenwärtiger Dieb 33
J. T. v. L.: Viel vermehrte Kurtzweiliger Reyßgespan [...]. Ulm 1663. S. 311 f. Zit. nach: Deutsche Schwänke. Hrsg. von Leander Petzoldt. Stuttgart: Reclam, 1979. (Reclams Universal-Bibliothek. 9954.) S. 194.

TOON TELLEGEN (geb. 1941)
Eile ist etwas Grausames* 119
T. T.: Briefe vom Eichhorn an die Ameise. Aus dem Niederl. übers. von Mirjam Pressler. München: Hanser, 2001. S. 28–30. – Orig.-Ausg.: T. T.: Brieven aan niemand anders. Amsterdam: Querido, 1996. – Mit Genehmigung von Em. Querido's Uitgeverij, Amsterdam 1996. Für die deutsche Übersetzung: © Carl Hanser Verlag München 2001.

MARK TWAIN (d. i. Samuel Langhorne Clemens; 1835–1910)
Der Streich, der Ed Glück brachte 34
M. T.: A Couple of Truly Wonderful Stories / Ein paar wirklich wunderbare Geschichten. Ausw. und Übers. von Hella Leicht. München: Deutscher Taschenbuch Verlag, [15]2018. S. 7–23. – © der Übersetzung: Deutscher Taschenbuch Verlag GmbH & Co. KG, München.